Un bon écrivain est un écrivain mort

GUILLAUME CHÉREL

Un bon écrivain est un écrivain mort

J'AI LU

En mémoire de Jean-Claude Izzo, Robin Cook,
James Crumley, Bertrand Delcour,
Ayerdhal, Jim Harrison, Siné
et Agatha, of course !

Avertissement

La première phrase d'un roman est la plus importante, dit-on.

Nous voilà débarrassés.

Puis vient la deuxième, la troisième, la quatrième et ainsi de suite.

Jusqu'à la dernière, tout aussi importante.

Au bout de deux cents pages, en général, vous avez un ROMAN.

Celui-ci est fondé sur des lieux réels et inspiré de personnages existants.

Toute ressemblance, bla-bla-bla, n'est surtout pas une coïncidence.

Vous pouvez préparer le goudron et les plumes pour l'auteur de cette histoire !

Encore faudrait-il le retrouver.

Les personnages, ça se remplace, les auteurs non.

Pas d'auteurs, pas de livres.

Celui-ci raconte d'étranges événements qui sont survenus au monastère de Saorge.

1

Les dix grands écrivains

Augustin Traquenard n'hésita pas un instant. Il accepta d'emblée la proposition de venir animer une rencontre littéraire, durant un week-end, au monastère de Saorge. Elle était arrivée par courrier, adressé par un mystérieux inconnu.

Ce journaliste amoureux des belles lettres fut aussitôt emballé par le projet pour plusieurs raisons.

Tout d'abord le lieu. Augustin brûlait de découvrir cet ancien couvent franciscain transformé en résidence d'écriture hors du commun, niché au pied de la vallée des Merveilles, dans le parc du Mercantour, joyau naturel des Alpes-Maritimes.

Et à lieu exceptionnel, hôtes exceptionnels. Le courrier précisait qu'autour de cette table ronde censée déclarer officiellement ouverte la cérémonie de la sacro-sainte rentrée littéraire étaient conviés dix grands écrivains à succès, triés sur le volet, figurant tous dans la liste des meilleures ventes de l'année : Frédéric Belvédère, Michel Ouzbek, Amélie Latombe, Delphine Végane, David Mikonos, Kathy Podcol, Tatiana de Roseray, Christine Légo, Jean de Moisson et Yann Moite.

Que du lourd, donc.

Du très vu-à-la-télé.

À propos de télé, Augustin Traquenard savait pertinemment qu'Anal+, la chaîne cryptée sur laquelle il animait sa toute fraîche émission, battait de l'aile. Le nouveau président-directeur général, Vincent Coloré, se comportait en impitoyable *cost killer*, en coupeur de têtes qui dézinguait un à un ses animateurs vedettes. Du temps de sa jeunesse, l'homme avait fait fortune en vendant du papier à rouler les joints, et on prétendait avec ironie que, depuis son arrivée, l'esprit Anal s'était envolé en fumette.

Bref, Augustin Traquenard nourrissait beaucoup d'incertitudes sur son avenir cathodique, et cet événement culturo-people à Saorge ne pouvait que l'aider à rebondir et à se revendre ailleurs, s'il n'atteignait pas le score espéré à l'audimat.

Enfin, l'invitation provenait d'un homme qui se prétendait le nouveau propriétaire du monastère et qui avait signé son courrier d'un pseudonyme ridicule, « Un Cognito ». Un tel mauvais goût, une telle vulgarité fascinait Augustin. Il tenait à savoir, lui, créature inorganique et éthérée, cerveau par excellence, quel crétin congénital composé de chair et d'os pouvait bien posséder un humour à ce point pitoyable.

Et tandis qu'à Paris il préparait ses bagages, sur la Côte d'Azur la presse régionale s'étonnait de deux absences remarquables à une telle manifestation. En effet, Marc Levide et Guillaume Muzo, pourtant sur la première marche au classement des best-sellers, avaient été oubliés, voire superbement ignorés. Il s'agissait d'incontestables têtes de gondole, mais l'élite germanopratine les jugeait sans doute trop populaires, ce qui constituait la pire insulte en matière de littérature.

Nice-Matin et France 3 diffusaient malgré tout la nouvelle avec beaucoup de bonheur. La fine fleur de Saint-Germain-des-Prés montait dans la vallée ! Des auteurs de plus en plus sollicités, donc chouchoutés, caressés dans le sens de la plume. Lors de leurs déplacements, certains exigeaient d'être logés dans de luxueuses résidences hôtelières, entre roses et glycines, d'autres de se faire balader en croisière vespérale et gaver des mets les plus fins. C'est tout juste s'il ne fallait pas les éventer et les masser pendant les séances de dédicace – et de selfies – sous chapiteau.

L'alcool était toujours au rendez-vous. Cela leur fournissait des histoires à se raconter plus tard, comme les poilus après la Grande Guerre.

Le débat devait avoir lieu devant un public impatient de voir enfin les stars de l'édition pour de vrai. Les grands écrivains se retrouveraient dans le cloître, en cas de beau temps, ou dans le réfectoire, en cas de mauvais. Les questions du journaliste tourneraient autour du thème « Littérature et modernité ». Les prestigieux invités liraient à haute voix un extrait de leur dernier livre. S'il ne pleuvait pas, la soirée serait ponctuée par un cocktail dînatoire dans le potager, où les auteurs dédicaceraient leurs ouvrages à la belle étoile.

Ça, c'était ce qui était prévu. Mais rien ne se passa ainsi. Le week-end annoncé comme festif et convivial vira au drame. Puis tourna au carnage.

2

Qui va tuer Frédéric Belvédère ?

Le « train des Merveilles » est un tortillard dont l'emblème est une tête de sorcier préhistorique, à la forme de paratonnerre. Il mène à la fameuse vallée éponyme.

Ce TER des Alpes-Maritimes part de Nice et gravit les montagnes jusqu'à Cuneo, en Italie, au-dessus du tunnel de Tende, tant décrié par les écolos de la région. Il traverse la vallée de la Roya-Bévéra, longe celle de la Bendola et passe par la petite gare de Fontan-Saorge, ultime étape pour atteindre le village de Saorge et son monastère.

Chaque été, des dizaines d'écrivains en mal de concentration – plus que d'inspiration – prennent ce petit train du matin.

Rien à voir avec le « train du cholestérol », surnom donné au train qui mène les auteurs parisiens à la Foire du livre de Brive, au mois de novembre. Si on devait donner un nom à celui de Saorge, ce serait plutôt le « train de la cirrhose ». Car on y ingurgite presque autant d'alcool qu'au Salon de Saumur, ou à celui de Saint-Malo.

À vrai dire, on picole dans tous les salons littéraires.

Et quasiment tous les écrivains boivent.

Quand ils ne sont pas morts.

Bref, le trajet qui mène jusqu'à Fontan-Saorge est magnifique, mais il ne faut pas avoir le vertige ni être claustro. Surtout quand la micheline pénètre dans les tunnels, d'un noir charbonneux, sur un parcours aussi inquiétant qu'un train fantôme à la Foire du Trône.

Ce mini-train des Merveilles est si petit qu'on dirait un jouet. Il sillonne des paysages grandioses, quoiqu'un peu étouffants. On se croirait dans un western, avec ses canyons, ses ravins abrupts et ses goulets d'étranglement. Pour redescendre sur la côte, on peut emprunter son homologue italien dont le terminus est Vintimille.

Or donc, à bord du fameux tortillard, dans un compartiment rempli de lycéens bruyants, Frédéric Belvédère songeait déjà au retour, tout en biberonnant sa flasque de whisky, un œil distrait sur les pages faits divers de *Nice-Matin*.

Vaseux après une nuit agitée au Montana, il évitait de regarder en bas quand le train longeait des précipices, ça lui fichait le vertige. Et lorsque le haut-parleur annonçait les arrêts, comme celui de Drap, ou de Drap-Cantaron, il se demandait comment des êtres humains pouvaient vivre ici plus d'une semaine sans se jeter dans la rivière pour en finir.

Plus ça grimpait dans la montagne, dont il distinguait les derniers névés au sommet, plus il trouvait que l'accoutrement des locaux virait au laisser-aller. Hormis les quelques touristes amateurs de randonnée habillés à l'identique, comme des Schtroumpfs sponsorisés par Décathlon, la faune alpine était hirsute, dépenaillée. Un peu campagne sauvage, pour tout dire. Un autre monde.

Depuis la mort de Jean-Edern Hallier, Belvédère occupait – avec Michel Ouzbek, mais dans un autre genre – la place de l'écrivain provocateur. Celui qui écrit des horreurs, surgit ivre mort des restaurants, jette les livres par-dessus son épaule en pleine émission télévisée…

Son dernier coup d'éclat consistait en une pétition intitulée « Touche pas à ma pute ! » Il y écrivait : « Et si les islamistes avaient raison ? Ils emprisonnent leurs femmes derrière des grillages pour ne pas être dominés par elles. » Tollé. Même les vieilles Chiennes de garde s'étaient réveillées. Une semaine durant, on avait débattu sur le thème « ultra-féministes contre néo-machos ». Belvédère avait également reçu une volée de bois vert de la part d'un de ses camarades qui s'était fendu d'une lettre ouverte à son attention dans la presse, Guillaume Charal, un « écrivain injustement méconnu » autoproclamé, qui attribuait commodément la modestie de ses ventes à son absence de flagornerie, et rageait régulièrement devant le succès de « moins-doués-mais-mieux-placés » que lui. Pour exprimer son désaccord avec le manifeste, Charal avait annoncé qu'il bouderait, à partir de cette année-là, la fête organisée pour le prix de Chlore, que présidait Belvédère.

Ce dernier était de mauvaise foi. Mais il avait atteint son objectif : faire parler de Lui, de lui et encore de lui. Il avait compris depuis longtemps que l'essentiel était de faire le buzz, de susciter la polémique. Ne jamais laisser indifférent. Même si on avait tort. Puisque nous vivions définitivement l'ère des imposteurs et du ricanement généralisé, avait décidé Belvédère, il en serait le parangon, le représentant incarné.

Il avait compris très jeune que dans cette société du spectacle, fondée sur l'apparence et le divertissement, faire rire, avoir de l'esprit pouvait aisément passer pour de l'intelligence.

Règle numéro 1 : toujours faire comme si vous saviez mieux que les autres.

Règle numéro 2 : avoir l'air au courant de ce qui se passe.

Règle numéro 3 (qui découle de la 2) : paraître en avance sur son temps. Surtout pas à la mode ou – horreur ! – à la page.

Règle absolue : toujours se différencier de la masse.

La pointe du snobisme étant de mépriser ce que tout le monde adore.

De prendre systématiquement le contre-pied de ce qui fait consensus.

En parfait dandy, il savait s'entourer de beauté. En général du sexe féminin. Et pour finir, il truffait toutes ses phrases, ou textes, d'anglicismes. C'était *totally* d'avant-garde.

La littérature n'avait été qu'un prétexte pour se faire remarquer.

Son vrai projet de vie avait toujours été de devenir célèbre. Comme son ami Yann Moite, Frédéric Belvédère n'avait jamais rêvé d'être écrivain mais bien d'être « télécrivain ».

Or, pour être connu – à défaut d'être reconnu – comme écrivain, dans sa jeunesse, à la fin des années 1970, il fallait ou bien être déjà mort, ou bien passer à la télé, sur le plateau d'« Apocryphe ».

Il y avait vu Bernard Pinot boire les mots de Jean de Moisson et de Philippe Salers, merveilleux en écrivains français issus du siècle des Lumières, érudits et spirituels. Toujours être spirituel, avait-il alors noté.

Il s'était aussi étonné des bafouillages de Sagan et Madiono. C'était rigolo. Surtout, il avait assisté au grand show de Charles Bukowski, parfait dans le rôle de l'écrivain américain alcoolique vidant une bouteille de blanc sous les protestations des autres invités qui se contentaient, eux, de fumer comme des pompiers.

C'est le 22 septembre 1978 exactement, sur les coups de vingt-deux heures trente, juste avant le film au rectangle blanc, que Frédéric Belvédère avait eu la vocation. Il serait écrivain-qui-passe-à-la-télé. Il serait *télécrivain*.

N'étant pas américain ni mort, donc, il ne lui restait plus qu'à écrire des romans français d'actualité. Spirituels *(don't forget !)* de préférence. C'est-à-dire nombrilistes et désenchantés.

Ce n'était pas très compliqué, deux choses lui suffiraient.

Premièrement, s'inspirer de sa vie de pauvre petit garçon riche et de sa première expérience professionnelle dans le monde de la mode. Un milieu cynique et superficiel. Dont il décrirait la superficialité et le cynisme en se mettant en scène au moyen d'un double littéraire d'origine slave, Oktav Pirbot, grand buveur de vodka. *Da !*

Deuxièmement, passer à la télé.

Comme chroniqueur, tout d'abord, puis animateur-présentateur.

En observant bien Jean de Moisson, qu'il se faisait aujourd'hui une joie de retrouver au monastère, Frédéric Belvédère avait appris à manier les bons mots pour s'attirer les bonnes grâces de son auditoire. En l'écoutant attentivement – ses anecdotes étaient si savoureuses –, il avait compris qu'il suffisait d'apprendre par cœur quelques citations littéraires pour paraître cultivé. Et spirituel, donc. Toujours. C'était la règle d'or.

Une fois connu comme télécrivain, Belvédère était passé à autre chose. Il était devenu *cinéman*. Comme Yann Moite, encore une fois, mais aussi comme David Mikonos et Michel Ouzbek, ses amis télécrivains – officiellement ils étaient tous amis, officieusement ils se démolissaient à la première occasion.

Quoi qu'il en soit, tous savaient, et pour cause, qu'il est plus difficile d'écrire un bon roman que de réaliser un mauvais film.

Pour tourner un navet, il n'y avait qu'à convaincre un producteur grâce à son nom, sa marque, son logo, et se dégoter un bon casting. Ce n'était pas le plus difficile, les acteurs sont prêts à tout pour obtenir un rôle dans un film. Non, le plus délicat était de trouver un conseiller technique, au chômage de préférence, qui accepte de ne pas figurer au générique. Contre un bon cachet, le tour était joué.

Ne restait plus qu'à séduire une fille de, personnalité du showbiz. Actrice, de préférence. Une fille de chanteur populaire, pourquoi pas. Si Belvédère combinait les deux, c'était le jackpot. À lui la célébrité ! Du moment que la fille était paumée et avait un nom à empêcher de dormir tous les paparazzis de Paris, c'était bon pour le buzz.

Sinon, restait le théâtre de boulevard. Avec la prétendue crise – qui n'était rien d'autre que le capitalisme, s'amusait à dire Belvédère – et les attentats, les Français avaient besoin de rire. Une petite comédie bien ficelée et pas trop compliquée, et l'affaire était dans le sac.

Le pitch : un bourgeois parisien n'arrive pas à écouter tranquillement son disque de jazz, par exemple. Florian Belair faisait ça très bien. Et au kilomètre. C'était presque trop facile. Il fallait être un peu malin, avoir de l'esprit et soigner son carnet d'adresses.

Le cynisme apparent de Belvédère n'était qu'une façade. Le personnage d'alcoolique drogué qu'il s'était créé, une illusion. Dans l'intimité, il mangeait des Carambar et buvait du thé vert. Il ne voulait pas finir comme Hallier, justement.

Belvédère partageait pourtant avec ce dernier de nombreux points communs. Outre celui d'être issu d'un milieu social aisé, dont il s'était affranchi, il prenait plaisir à jouer les trublions et à faire la fête avec des amis ; n'hésitait pas à créer des journaux, lancer des revues littéraires, et savait déceler de nouveaux talents. Sur ce plan, il avait sincèrement pris la relève de JEH, réputé, comme Philippe Salers, son frère ennemi, pour donner leur chance à des inconnus dont ils avaient apprécié les textes, les articles ou les livres.

Quand il était éditeur, Belvédère avait ainsi publié quelques perles. Toujours écrites par de sémillantes jeunes femmes, quand on y réfléchissait. Chroniqueur littéraire, il donnait des coups de projecteur sur des auteurs inconnus au talent incontestable.

Belvédère savait ce que « bien écrire » voulait dire. Il savait fort bien qu'il ne suffisait pas de savoir juxtaposer des phrases sans fautes de syntaxe pour se prétendre écrivain. Il avait l'œil et l'art de reconnaître un style singulier, un caractère et une voix reconnaissables entre mille.

Oui, Belvédère était un gentil qui se la jouait *bad guy* parce qu'il manquait de profondeur et de conscience politique. Il n'avait pas grandi, avait peur de vieillir, de mourir. On appelle ça le

« syndrome de Peter Pan ». Ou en plus littéraire, il voulait « garder dans sa main celle de l'enfant qu'il avait été », comme l'a écrit Cervantès.

Au fond de lui il aimait le silence et la solitude, non par vertu mais par goût. Sachant bien que désormais tout faisait du bruit, même le style. De toute façon, les lecteurs, comme les éditeurs, les critiques et les libraires, semblaient ne plus faire la différence entre un bon et un mauvais livre, un bon et un mauvais écrivain. Alors...

Du moment que ça se vendait !

Après chaque esclandre, esbroufe, fiesta et gesticulation, Belvédère partait se ressourcer dans sa maison de campagne en Dordogne, au cœur du Périgord noir. Une demeure qu'il ne se lassait pas de restaurer. Comme sa réputation. C'était son havre de paix. Il y lisait les livres qu'il chroniquait chaque semaine. Il y était enfin lui-même, sensible et généreux, prévenant, bienveillant avec son entourage. Pas seulement la famille et les voisins, mais aussi les habitants du coin. Surtout les Anglais et les Hollandais.

Dans le privé, Belvédère redevenait le gentil garçon bien élevé, poli et bien habillé qu'il avait été dans les beaux quartiers. Mais s'il tombait sur des fans, au marché de Sarlat, il reprenait son numéro de sale gosse. Puis rechargeait à nouveau les accus chez lui, avant de repartir au front, à Paris, au Flore et sur les plateaux de télévision.

Frédéric Belvédère retombait toujours sur ses pattes. Il avait une morale très souple et le don de se mordre la queue en s'auto-flagellant. Une spécialité et une particularité françaises lancées par feu François Lessourcier, l'ex-président du prix Joncour, et reprise par Jean de Moisson, devenu orfèvre en la matière.

Cela repose sur le principe suivant : feindre de dire du mal de soi-même pour attirer la sympathie. Se vanter d'être lâche, par exemple, ou, mieux, un ancien cancre. Suggérant par là que c'était exactement le contraire. L'essentiel étant de brouiller les pistes, de toujours prendre le contre-pied des tendances. D'être à rebours des modes politiquement correctes. Être léger à défaut d'être profond. Le credo, encore une fois : être spi-ri-tu-el, au risque de paraître superficiel. Surtout pas lourd, grave, ennuyeux. Drôle, amusant, distrayant. En toutes circonstances.

Frédéric Belvédère avait beaucoup lu dans sa jeunesse. Il n'était pas dupe. Après la société du spectacle, chère à Guy Debord, il avait saisi que nous étions passés à l'étape suivante : la société du divertissement, du ricanement perpétuel.

Allumez la télévision, pleurez au spectacle du monde puis riez pour oublier que vous allez mourir. Zappez ! Riez ! Zappez ! Pleurez ! Zappez ! Riez ! Pleurez ! Zappez votre vie ! Et riez en pleurant sur la vacuité de votre existence, spectateurs de vous-mêmes.

Lui préférait s'amuser pendant qu'il en était encore temps, même si, comme tous les amuseurs, il était pétri d'angoisses existentielles.

Posant son journal sur la banquette, Belvédère regarda par la vitre de son compartiment. Ils traversaient la Roya. Le paysage offrait un contraste saisissant au fil du voyage. On était passé d'un environnement montagnard, alpin, à un décor méditerranéen composé d'oliveraies en restanques, avec entre les deux une rivière couleur Get 27 qui semblait serpenter à l'infini.

En dépit de sa gueule de bois, il appréciait la beauté des lieux. Pas comme ces petits branleurs de lycéens qui beuglaient autour de lui dans un dialecte texto compréhensible d'eux seuls. Il jeta un coup d'œil à sa montre. Encore trente minutes de voyage. Il se remémora ce qu'il avait entendu dire à propos de ce monastère. Il avait été racheté par un milliardaire qui désirait rester anonyme. Un certain Cognito. Espagnol ? Italien ? Le pseudonyme d'un inconnu, connu pour être fanatique d'hélicoptères et d'orgue. Plus précisément de musique baroque.

La première chose qu'il avait faite : construire une piste d'atterrissage. Avant de tout rénover à l'intérieur du monastère, afin d'en faire une résidence d'écrivains luxueuse et ultra-moderne, conçue autour d'un orgue géant. Dont il aimait jouer par nuit de tempête, disait la rumeur. Une légende à la Howard Hughes dont se réjouissait Belvédère.

La presse people se demandait qui pouvait bien être ce Cognito.

Toutes les hypothèses y étaient passées. Il s'agissait d'un oligarque russe, d'un émir d'Arabie saoudite, ou plutôt d'un Qatari. Non, en réalité, c'était Brad Pitt et Angelina Jolie, le couple de stars hollywoodiennes : ils rêvaient d'y passer l'hiver en retraite, à l'abri des paparazzis.

Le magazine *Voici* avait laissé entendre qu'on allait y tourner un nouvel épisode de *Harry Potter*. *Paris Match* tenait de source sûre qu'il s'agissait plutôt d'un nouvel opus de *La Famille Addams*. Ou d'un remake cinématographique de *Frankenstein*. Le décor s'y prêtait parfaitement. Il se disait aussi que le mystérieux Cognito n'était autre que Stephen King. Le maître de *Misery* souhaitant enfin vivre l'expérience d'habiter une vraie bâtisse hantée, avec de vrais fantômes. Le bruit avait même couru que les frères Bogdamoche, déjà propriétaires d'un château, s'étaient offert le monastère. Ou, tiens, que Gonzigue Saint-Bras allait y organiser des fêtes médiévales et les frères Poivre-d'Abord des orgies. Ne manquaient plus au tableau que James Bande, les services secrets de Sa Majesté et la reine d'Angleterre.

À moins que ce Cognito soit un amateur de femmes et un amoureux des belles choses, aspirant à vivre en communion avec la nature. Un collectionneur d'art. Un érudit, qui aurait également acquis la bibliothèque d'Umberto Eco. Un ou une mécène, espèce devenue rare dans le Landernau littéraire.

Qu'il tienne à rester discret était son affaire, se disait Frédéric Belvédère, du moment qu'il faisait partie de l'élite et l'invitait à vivre une expérience forte et romanesque, dans le luxe et le stupre.

Une nuit de débauche et d'ivresse dont il se vanterait ensuite dans les dîners en ville. Il avait hâte d'arriver.

Comme il commençait à s'ennuyer dans ce train sans première classe, Belvédère sortit son portefeuille et en tira le carton d'invitation.

L'écriture était élégante, presque féminine :

Cher Frédéric, vous qui rêviez de rencontrer Salinger, d'écrire comme Fitzgerald et de vivre comme Bret Easton Ellis, je vous invite à passer un week-end de plaisirs au monastère, comme Dorian Gray. Une cellule avec jacuzzi vous y attend. Libre à vous de la partager avec qui bon vous semble. Nous avons tant de choses à nous raconter. Vous retrouve vendredi soir à dîner. Bien à vous.

Un Cognito

Ce monsieur n'était pas doué pour les jeux de mots, songea Belvédère. Signer « Anne O'Nyme », par exemple, eût été plus amusant.

Mais Cognito avait bien cerné Belvédère.

C'était Salinger qui lui avait donné le goût de lire. Et Scott Fitzgerald lui avait donné envie d'écrire et de boire de l'alcool aux côtés d'une femme, folle et jalouse de préférence.

Cela expliquait-il ses deux divorces ?

Son troisième mariage battait de l'aile…

Belvédère avait beau se gausser de l'amour, il était très émotif. C'était un grand sentimental. Même devant un porno, il se demandait toujours si les personnages allaient se marier à la fin.

Et puis Bret Easton Ellis…

Ah ! Bret Easton Ellis… L'écrivain des yuppies. Le premier à avoir mis l'accent sur les marques dans ses romans. Comme s'il avait placé des spots publicitaires au cœur même de ses livres. Belvédère le vénérait non seulement pour ce coup de génie mais également pour ses portraits de femmes sans concession. Il était en quelque sorte l'Oscar Wilde du XXIe siècle. Un pédé avec de l'esprit !

Belvédère rit tout haut de son propre trait d'humour, comme à son habitude. Les lycéens le regardèrent et dégainèrent aussitôt leurs smartphones pour s'échanger des SMS moqueurs.

Il fit semblant de ne rien voir et retourna à ses pensées. À son avis, il était grand temps que Bret Easton Ellis fasse son coming out. L'auteur californien n'aimait pas les femmes, c'était évident. Dans l'un de ses derniers tweets assassins, dont il avait le secret, il avait balancé une vacherie dont Belvédère était jaloux : « Si David Foster Wallace est un si grand écrivain, pourquoi est-il mort ? »

Belvédère passait toujours du bon temps en sa propre compagnie, mais là, il commençait à le trouver long, le temps. Il savait que s'il ratait l'arrêt de Fontan-Saorge, le train passerait par Saint-Dalmas-de-Tende, où il s'était promis de descendre un jour, car une légende disait que la gare, démesurément grande, avait été construite par Mussolini pour pouvoir rendre visite à sa maîtresse.

Sous ses airs de *bad boy*, de dandy dégénéré, d'obsédé sexuel, en matière sentimentale – avec des filles bien nées – Frédéric Belvédère était un romantique, carrément fleur bleue. À l'instar de celle d'Ouzbek, toute son œuvre trahissait une frustration sexuelle qui remontait à leur adolescence démolie par un physique disgracieux. Il était complexé par son menton en galoche, camouflé depuis quelques années par une barbe hirsute qui, avec ses cheveux longs, le faisait ressembler à un mix de Raspoutine et du « Dude » dans *The Big Lebowski*.

Il s'était toujours trouvé laid, surtout comparé à son grand frère millionnaire, mais entre quarante et cinquante ans, ça s'était arrangé. La beauté cachée des laids, comme disait Gainsbarre. Les beaux vieillissent et deviennent moches, tandis que les moches ne peuvent que se bonifier.

Il ouvrit son guide de la région : « Saint-Dalmas est au carrefour de la route menant à la station de ski de fond de Castérino et la vallée des Merveilles [...] Saint-Dalmas de Tende est une agglomération de la commune de Tende. Au centre d'une châtaigneraie, le village s'est étendu avec l'arrivée de nombreuses familles qui travaillaient à la mine de zinc et de plomb argentière. »

La demeure de la maîtresse de Mussolini était toujours là, debout, sur un promontoire, comme un clitoris bien dressé, face à la gare en contrebas. Cette gare, immense pour une si petite bourgade, avait été conçue à l'échelle de la mégalomanie du dictateur italien. Lequel voulait en foutre plein la vue aux Français. Cette gare, c'était sa bite, pensa Frédéric.

Ce qui lui fit se demander où il serait possible de trouver une pute dans un bled pareil. Il en voulait une très jeune et avec de longs cheveux. *Il ne faut jamais se mêler des cheveux des filles*, se dit-il. Phrase qu'il nota illico dans son carnet Clairefontaine en vue de la caser dans son prochain roman. Frédéric Belvédère adorait faire des phrases. Il était connu pour ça dans les salons parisiens. Sur ce terrain, seuls Patrick Baisons et son compère Éric Nœud-Bof pouvaient rivaliser avec lui.

Une autre phrase fusait justement dans son cerveau d'ex-rédacteur sénior : « Tu me nourris de tes mets, je te pourris de mes mots. » Et celle-ci, il l'aimait bien aussi, il venait de l'inventer : « I Love you, I Vole You. » C'était une contrepèterie franglaise.

Le monastère l'inspirait déjà !

Depuis *L'amour tarifé dure le temps d'un 33 tours*, son premier succès d'édition, il sévissait dans plusieurs journaux et magazines de standing. Mais secrètement, il en avait assez d'écrire. Ça lui donnait mal au dos. Et c'était trop long, comme activité. Si ça avait été à refaire, il aurait été DJ, comme son ami d'Anal+, Ariel Visemal. C'était encore moins fatigant qu'écrivain et cinéaste. Il avait pour habitude de mixer après chacune de ses prestations dans les salons littéraires. Où était la boîte la plus proche ? Il les avait toutes écumées.

Il se demanda s'il n'aurait pas dû rester à Nice. Pour la coke, pas de problème, il avait de quoi tenir le week-end. L'herbe ne manquait pas au village, d'après ce que lui avait dit Ouzbek. Il aimait bien l'herbe parce que ça l'empêchait de jouir trop vite. L'alcool ne l'inquiétait pas non plus. L'alcoolisme est partout. C'est même la seule chose que pauvres et riches ont en commun. S'enivrer au romanée-conti ou au rosé donne le même résultat : une gueule de bois carabinée et une santé fragilisée.

Sur ces considérations, Belvédère sortit la flasque de sa poche intérieure et but une gorgée d'alcool. S'il s'ennuyait là-haut, il n'aurait qu'à louer une suite dans un des palaces donnant sur la promenade des Anglais. Avec tous ces millionnaires russes sur la côte entre Cannes et Monaco, les putes ça ne manquait pas.

Malgré son *vertigo* – il aimait faire des allusions au cinéma depuis qu'il avait réalisé son deuxième film –, il était fasciné par les cimes enneigées. Il avait entendu dire que des hélicos montaient régulièrement pour porter secours à des randonneurs en difficulté ou pour lutter contre les incendies en été. Si leur hôte ne lui proposait pas de jouir du sien, il n'aurait qu'à en louer un. En vingt minutes, et pour moins de mille euros, il serait de retour en pays civilisé.

Il avait envie d'une Ukrainienne. *Une blonde platine – fatal pour un DJ*, songea-t-il en se trouvant très drôle –, comme dans son deuxième succès, *Nos filles seront-elles des putes comme les autres ?*, dont le titre lui avait valu l'opprobre des Femen. D'un autre côté, il s'était attiré la sympathie des bobos gays du Marais après cette saillie :

« La preuve de l'inégalité hommes-femmes ? Les lesbiennes n'ont pas d'humour ! », lâchée un soir sur le plateau d'« On n'est pas rendus ». Alors…

Frédéric Belvédère se demanda ce qu'avait pu devenir cette actrice de « porno-intello » qu'il avait humiliée en direct, dans l'émission de son ami et complice Thierry Lartichaut. Cela faisait huit, neuf… non, dix ans au moins ! Le talk-show s'appelait « Coucou t'étais où ? ». Il était encore jeune et sarcastique, à l'époque. Depuis, il avait mis de l'eau dans son vin puisqu'il animait lui-même une émission télévisée dédiée à l'industrie cinématographique. Dorénavant c'était aux autres, aux chroniqueurs, aux *wannabes*, de faire le show.

Il avait entendu dire qu'elle s'était suicidée et espérait n'avoir rien à voir là-dedans. Un vieux fond d'atavisme protestant le poussait pourtant à culpabiliser. Christelle Delange – c'était son nom de pornostar – était le genre de femme à disparaître sans laisser d'adresse. Elle devait élever des chèvres en Ardèche.

Hochant la tête, Frédéric Belvédère se gratta la barbe et rabattit en arrière la mèche de cheveux qui lui tombait sur les yeux.

Puis il s'endormit et se mit à rêver. Ouvrant une porte, il se trouva face à lui-même et se plut tellement qu'il eut envie de se faire l'amour. Il se réveilla en bandant.

Comme les pendus après leur mort.

3

Où est passé le chapeau d'Amélie ?

Dans le compartiment de tête, où s'entassaient des voyageurs moins bruyants qu'à l'arrière, Amélie Latombe sirotait une coupe de champagne en se servant de son chapeau comme d'une tablette. Un immense chapeau noir qui ressemblait au « Chapeau magique » dans *Harry Potter*, celui qui décide des maisons où seront affiliés les apprentis sorciers de Poudlard, à Gryffondor ou Serpentard… Un chapeau qui l'avait rendue aussi célèbre que ses romans annuels.

Ce qu'il pouvait faire froid, dans ce train ! Elle aussi regrettait d'avoir quitté la Côte et avait hâte de retrouver ses lecteurs, dont elle se rappelait parfois avec précision les noms, prénoms, dates et lieux de naissance. On la disait autiste. Ce qui ne constituait pas une tare, plutôt une particularité intrinsèque au personnage.

Amélie Latombe était simplement très douée.

Elle se définissait d'ailleurs comme une « talentueuse laborieuse ». Le mot « tueuse » dans « talentueuse » lui plaisait bien. Comme celui de « rieuse » dans « laborieuse ».

Car le talent était un don, et le labeur ne lui faisait pas peur. Levée tous les jours à quatre heures, elle se mettait à sa table de travail avec frénésie, écrivant, comme sous la dictée, des romans tous plus originaux et insolites les uns que les autres. On se demandait où elle allait chercher tout ça !

Dans son chapeau, répondait-elle avec malice.

Incapable de vivre « normalement », dans la vie réelle, avec les « vrais gens », elle exprimait son mal de vivre à travers son art et se cachait sous ce chapeau aussi haut qu'une pièce montée. Parfaitement adapté au large front sous sa boîte crânienne bombée.

Amélie Latombe était une ancienne enfant surdouée, au quotient intellectuel affolant pour le commun des mortels. Autant qu'elle s'en souvienne, elle avait toujours parlé un français parfait, alors qu'elle était d'origine suisse alémanique, issue d'une grande famille aristocratique unie à une dynastie prussienne ; d'où ce léger accent traînant, parfois cassant.

Comme Ouzbek et Belvédère, elle avait souffert de son physique dans sa jeunesse. Ensuite, la réussite, la richesse surtout, l'avait presque rendue belle. Présentable du moins, à défaut d'être séduisante. De son enfance à la Heidi, elle avait gardé un souvenir douloureux. Une gouvernante l'avait un jour accueillie avec ces mots, qu'elle se rappellerait jusqu'à son dernier souffle, et qui avaient agi sur elle comme un coup de fouet : « Mon Dieu qu'elle est laide ! Avec un physique pareil, j'espère que tu es intelligente. »

Suffisamment intelligente en tout cas pour convaincre son ambassadeur de père de renvoyer cette virago au bout de quelques semaines à peine.

Très vite, Amélie Latombe était arrivée à la même conclusion que Frédéric Belvédère : quand on ne dispose pas d'un physique avantageux, on doit compenser par son allure et sa finesse d'esprit. Les gens très beaux sont rarement intelligents, avait-elle remarqué. Comme si ce don de la nature les rendait paresseux du ciboulot. Tout est beaucoup plus difficile pour les gens disgracieux. Du coup, ils se musclent les méninges.

Son grand chapeau noir ne servait qu'à camoufler son cerveau hypertrophié. Elle s'était démarquée en devenant écrivaine grâce à sa vivacité d'esprit. Restait à peaufiner son apparence, son style.

Le sien était résolument néo-gothique. Ça intriguait les lecteurs et inquiétait leurs enfants. Son propre frère s'en servait pour faire manger les siens. « Si tu ne finis pas ta soupe, tante Amélie va venir ! »

Mais ce qu'elle préférait, c'était les cancrelats bien craquants. Amélie Latombe sourit à cette évocation. Qu'on la dise folle l'arrangeait bien. Ça tenait à distance les fâcheux, les importuns.

Sa tenue noir corbeau irait très bien avec l'ambiance du monastère franciscain. Même si l'austérité des lieux avait dû être adoucie par un architecte d'intérieur.

Quelle veine d'être invitée par ce milliardaire que l'on disait féru de musique baroque. Elle s'imaginait l'écoutant jouer de l'orgue, dans l'église, un soir de tempête, tout nu sous sa queue-de-pie…

Cet hôte mystérieux, dans ce lieu pas ordinaire, lui donnerait sans doute l'idée d'un nouveau livre. Bientôt son centième en vingt-cinq ans. Dont une bonne soixantaine dans les tiroirs. Certains, jugés trop mauvais, ne seraient jamais publiés. Elle l'avait clairement explicité dans un testament.

Il lui suffisait de six mois pour en boucler un. Trois pour le premier jet. Trois pour le corriger. Trois mois après, il était publié. Elle se donnait les trois derniers mois de l'année pour répondre aux nombreuses sollicitations des salons littéraires.

Pourquoi écrivait-elle ? On ne cessait de lui poser la question. À laquelle elle répondait toujours la même chose : « J'écris parce que je ne peux pas faire autrement. » Elle avait commencé à l'âge de dix-sept ans, sans savoir ce qu'elle faisait. Elle n'avait pas du tout l'ambition d'être écrivain. Des années durant, elle avait griffonné dans la plus extrême solitude. À l'âge de vingt-quatre ans, et après dix manuscrits dans les tiroirs, elle avait jugé le onzième prêt à être publié : *Du manque d'hygiène des criminels*. Pour la première fois elle s'était sentie fière de ce qu'elle avait écrit.

Depuis, Amélie Latombe était très demandée par les libraires de toute la France. L'avoir derrière une pile de livres était l'assurance d'une bonne centaine de dédicaces, en moyenne. Elle ne refusait que les supermarchés, exigeant un minimum de standing, et du bon champagne – Ruinart ou Dom Pérignon, de préférence.

Elle se félicitait de n'avoir pas à côtoyer Placid et Muzo, comme elle surnommait le tranquille Marc Levide et l'impavide Guillaume Muzo. Deux types très sympathiques, au demeurant, mais fades, mous, sans saveur. Ils lui rappelaient son Victor, c'était tout dire.

Elle n'aurait su de quoi parler avec eux. Déjà, avec David Mikonos, c'était limite. Mikonos et son sourire de loup ravi de la crèche. Ce qu'il pouvait l'horripiler, avec ses niaiseries. Dans son univers, tout le monde il était beau, tout le monde il était gentil. Elle ne comprenait pas comment les gens pouvaient se contenter de cette soupe insipide et en redemander ! Elle, au moins, faisait l'effort de changer de style et de sujet à chaque nouveau livre. Soignant sa langue, se cassant la nénette pour au moins essayer de surprendre ses lecteurs chaque année.

Elle regrettait qu'Anne Lavalda et Virginie Lapente ne soient pas là. Elle avait beaucoup aimé le premier livre de la première. Un recueil de nouvelles intitulé *Quelque part, j'aimerais que quelqu'un m'entende*. Elle aimait sa discrétion, malgré la banalité de ses thèmes : l'amour, encore et toujours l'amour. Ce que l'amour pouvait être rasoir ! D'ailleurs, pour sa part, elle préférait de loin la compagnie des hommes et leur passion pour la mort, les crimes, les bagarres, la guerre. Au moins, là, ça bougeait, ça vivait, ça mourait.

Elle avait envie de mordre et de griffer quelqu'un. Comme Virginie Lapente, par exemple. Elles étaient tellement différentes l'une de l'autre. Amélie lui trouvait un air de camionneuse qui parlerait comme un charretier. Comment pouvait-on comparer son style « j'écris comme j'te parle » à de la littérature ? Elle la trouvait vulgaire. Une vraie poissonnière ! Tout le contraire d'elle, qui usait d'un langage châtié.

Mais avec elle au moins, il se serait passé quelque chose. Amélie Latombe voulait qu'il se passe quelque chose, en général.

Lorsqu'elle avait pris connaissance de cette invitation via son attachée de presse, elle s'était d'abord assurée qu'elle pourrait s'entendre avec tout le monde. Elle avait hésité, mais la fin de la lettre l'avait convaincue :

Votre éditeur m'a garanti que vous seriez enchantée de vous joindre à nous pour cette première rencontre littéraire au monastère de Saorge. Voici votre billet d'avion pour Nice. Ensuite, vous n'aurez qu'à prendre le train qui mène au village de Saorge. Vous y rencontrerez peut-être un autre de mes invités. Je vous réserve une surprise qui devrait vous donner envie de manger votre chapeau...
Bien à vous,

Un Cognito

« Manger son chapeau », mais quelle drôle d'idée ! Elle buvait dessus, déjà. C'était bien suffisant.

On ne parlait plus que de cette nouvelle résidence d'écrivains dans les journaux. Il courait toutes sortes de rumeurs sur ce lieu décrit comme fascinant. La plupart n'avaient aucun fondement, mais ce qui était certain, c'était qu'il appartenait à un milliardaire.

On disait que ce *tycoon* avait fait de cet ancien couvent un lieu de vie au confort inégalable. Chaque cellule avait sa thématique.

Amélie avait réclamé la 7 – son numéro fétiche –, celle dite des drôles de rêves. C'était la plus grande chambre, mais sa tête de mort, peinte sur un des murs par les moines, provoquait des cauchemars chez certains. Amélie n'avait pas peur de la mort, ça tombait bien. Cette cellule était la seule à disposer de deux fenêtres et donnait sur deux points de vue différents. L'un descendait sur la vallée, en direction de la mer et la rivière Bendola – la rivière dont on entendait la rumeur, de jour comme de nuit. De nuit surtout, on croyait entendre le souffle des chutes du Niagara. L'autre, face à la montagne, laissait apparaître le Géant endormi en ombre chinoise. C'était exactement ça, le relief laissait apparaître une gigantesque silhouette humaine allongée sur le dos, ventre proéminent, nez au vent.

Selon la légende locale concernant ce géant, « le jour où il s'éveillera, la terre tremblera ». La zone se trouve en effet sur la fameuse faille de la Côte d'Azur menacée par les secousses sismiques.

En attendant, Amélie pourrait s'aventurer sans risque sur le sentier de randonnée qui menait à la chapelle Sainte-Croix.

Sur le chemin, il ne faudrait pas oublier de saluer le « petit saint » dans sa petite chapelle. Et éviter de croiser le chemin de l'énorme Patou, ce chien de berger qui protège férocement le dernier troupeau du village. Amélie pourrait aussi tomber sur Violette, la rockeuse d'Ethno-paire qui, quand elle était mal lunée, écrasait sa guitare sur la tête des gens. Ou bien rencontrer Roger, le libre-penseur dont on dit qu'il ne s'arrête jamais de parler, même en dormant. Ou Élodie, la sonneuse de cloches, membre de la confrérie des Pénitents blancs. Ou encore Paulo, l'ex-boulanger pirate. Voire Manu, l'homme-arbre qui vivait sans argent depuis trente ans.

Soit quelques spécimens aussi haut perchés que ce village pas comme les autres. En réalité une ribambelle de plus ou moins joyeux babas punk, anarco-libertaires, rockeurs issus de la mouvance alternative, tendance Béruriers noirs (dont un des leaders, Laurent, séjourna dans le coin), jardinières bio-amazones, sorcières écolo-véganes, femmes sauvages, coupeuses de têtes, cracheurs de feu, hard-rockeuses affiliées à la SPA, farouchement anti-Facebook et Google, hommes-arbres, montagnards fromagers, écossais alcoolo-rigolos, cuistot anglais, épiciers-bourlingueurs, Lebowski suisses-allemands déconnectés, Italiens recyclés, éleveuse de chevaux, ermite misanthrope, musicos arborant des tee-shirts de Jim Morrison et des Beatles, tous plus talentueux les uns que les autres.

Sans oublier les propriétaires de gîtes ruraux, RMIstes et autres RSAistes professionnels, la bibliothécaire squaw, le pompier beur, l'ex-journaliste italien devenu pizzaïolo, le prof de ski ivrogne et féru d'art, le libre-penseur radoteur, la mairesse pseudo anar vendeuse de miel et de pain d'épices, le garde-chasse irascible et l'ex-pharmacien plus con que son chien, le jardinier chanteur, le troubadour endormeur, l'ex-carrossier qui peut tout réparer, la Polonaise faiseuse de confitures, le curé bourré.

Bref, un village toujours Nuit debout, jamais couché. Le seul à voter à gauche depuis trente ans de toutes les Alpes-Maritimes. Point commun de ses quatre cents habitants : le refus de la société de consommation et de la mondialisation mais un goût prononcé pour une consommation exacerbée d'alcool. Tous plantés sur des bancs, mais sans jamais écrire, dessiner et peindre oui, grâce à l'herbe qui fait rire et planer aussi loin que haut. Ooooooh ! Point commun partagé avec une autre frange de la population a priori plus responsable, raisonnable, installée dans la société, composée de salariés, retraités, élus locaux, patrons de bar et d'épicerie, comme ce directeur de station de ski piémontais (le colosse Paulo), marié à une Française employée de bureau, un retraité de l'Éducation nationale, ancien prof de français, athée, ancien diplomate en Afrique, amateur de cigares, et autres profs en exercice, guides de randonnée, bibliothécaire, instits, anciens Parisiens, Suédois, installés ici après être tombés amoureux du village. Plus les écrivains (et « vaines ») de passage et pas sages.

Tout ce petit monde vit ensemble, loin de tout. Des autres, de la civilisation et sa pollution. Un havre de paix où tout le monde sait tout sur tout le monde. Un aquarium du genre humain. Impossible d'y avoir une vie privée, ou alors il faut s'isoler, bouder, ne parler à personne.

Pour un rien, ça peut péter.

Des loups sévissent dans la montagne environnante, causant des pertes dans les troupeaux de moutons. Ces loups viennent d'Italie, dit-on. À croire qu'ils passent par le tunnel de Tende... Ils sont aussi traqués que les réfugiés, mais aussi aidés par des militants des droits des animaux... mais chhhuuttt !

Le mercredi, jour de marché, ces « babos punk » vendent leur production écolo-bio-commerce équitable : qui de l'huile d'olive, qui son fromage de chèvre, qui son miel, du pain d'épices, des œufs, de la confiture artisanale. Saorge, c'est le village des irréductibles Gaulois hors la loi.

Dire qu'une autre commune limitrophe s'appelle « Libre ».

Amélie avait pris ses renseignements. Elle savait aussi que le monastère, la nuit, était survolé par une colonie de chauves-souris et que, dans la journée, il fallait prendre garde aux scorpions, araignées – grosses comme des mygales – et autres serpents – vipères, couleuvres. Que ce soit dans les chambres, les parties communes ou le jardin. Sans oublier les crapauds par temps de pluie, les moustiques et les mouches en cas de canicule, les loups en cas de disette et les fantômes tout au long de l'année.

Amélie Latombe se réjouissait à l'idée de rencontrer un homme qui avait préféré faire construire un héliport plutôt qu'une piscine. Mais elle se demandait comment le silence d'une telle retraite pouvait s'accommoder du vacarme des pales.

Elle tenait toutes ces informations de son attachée de presse, qui avait de la famille dans la région mais qui ne pourrait, hélas, pas dormir au monastère, faute de place. Elle avait vivement conseillé à Amélie de se baigner au « Bain du sémite », ou tout au moins de s'y tremper les jambes, si elle trouvait l'eau trop froide, parce que ce lieu-dit possédait des vertus magiques. L'essentiel était de ne jamais y aller seule. Le sentier qui y menait était dangereux. Non seulement on pouvait chuter en glissant sur les roches humides, mais il n'était pas rare d'y croiser des sangliers et d'autres bestioles peu amènes.

Un jour, une résidente s'était presque fait violer par un bouc ! Il l'avait agressée et acculée avec ses cornes jusqu'à la couvrir de bleus. La pauvre avait cru mourir et avait trouvé son salut en parvenant à grimper dans un arbre.

Amélie Latombe fut parcourue par un frisson d'excitation. Elle imaginait cette scène d'une délicieuse sauvagerie – elle, femelle sans défense subissant les derniers outrages d'un faune en rut – et sentit des papillons lui chatouiller le bas du ventre.

C'était de bon augure. Ce monastère avait déjà une incidence sur sa libido.

Amélie Latombe n'avait pas fait l'amour depuis des lustres. Non seulement elle était trop éreintée pour lâcher prise dans les périodes d'écriture, mais en plus elle ne trouvait du plaisir que dans des coïts à la limite de la violence.

C'était son fantasme depuis son séjour en Corée du Sud. Elle y avait découvert des jeux sado-maso raffinés. Or son compagnon, Victor, était surtout un partenaire cérébral qui se défiait de ses propres humeurs. Il ne se mouchait jamais, par exemple, ni ne suait. C'était à se demander s'il allait aux toilettes, parce qu'en l'espace de dix ans, elle ne se souvenait pas de l'avoir entendu, ne serait-ce qu'une fois, faire allusion à la nécessité de se soulager.

Ah ! Non. Elle n'allait pas se mettre à penser à Victor !

L'idée de partager les lieux d'aisance avec ses collègues écrivaines la mettait en joie. Ça lui rappellerait la pension et les bonnes sœurs.

Elle avait envie de s'amuser, de boire tout son soûl et de roter à s'en péter la glotte. De se faire prendre sauvagement par le jardinier du potager, comme dans *L'Amant de Lady Chatterley*.

La nature la rendait déjà folle d'émotion. Et Amélie ne fonctionnait qu'à ça. À l'émotion.

Elle ne devait pas penser à Victor. La dernière fois qu'elle l'avait vu, il était dans le congélateur. Elle l'avait convaincu d'y entrer pour qu'il lui décrive ce qu'il éprouvait. C'était pour le prochain livre sur lequel elle travaillait, *Branleur et tout le tremblement*. Une image hantait son esprit : la tête de Victor scotchée par le givre contre les pots d'Häagen-Dazs. Victor… Victor qui lui avait assuré qu'il l'aimait comme un fou. Et qui ressemblait maintenant à une tête de veau.

Il fallait effectivement être fou pour accepter d'entrer dans ce congélateur tapi au fond de la cave.

« Prouve-le-moi, que tu m'aimes, lui avait enjoint Amélie. Allonge-toi dans ce congélo ! Je veux savoir au bout de combien de temps ça devient intenable et si on entend de l'extérieur les coups que tu donneras pour en sortir. »

Au début, elle avait proposé ça comme un jeu. Ça lui rappelait les parties de cache-cache avec ses frères et sœurs. Et Victor avait accepté de grimper dans l'engin, et d'y être enfermé. Une bonne heure. Puis il avait commencé à frapper. Des coups rapides au début. Puis de plus en plus espacés. Et plus le temps passait, moins Amélie avait envie de lui ouvrir la porte. Ce que c'était solide, ces trucs-là !

Non, décidément, il ne fallait pas qu'elle pense à Victor. Sa veulerie, sa soumission la révulsait. Officiellement, ils n'habitaient pas ensemble. Elle n'avait pas de voisins, ni de vis-à-vis. Vivait dans un donjon, à l'écart de Paris.

Elle rouvrit les yeux et regarda l'homme assis en face d'elle dans le compartiment. Un type costaud au visage bronzé, les yeux noirs, la bouche cruelle. Il ressemblait à un taliban. Elle se remit à fantasmer. Elle allait lui offrir une coupe de champagne. Advienne que pourra. Tant pis s'il ne buvait pas. Elle ne l'avait jamais fait dans les toilettes. Il devait faire plus chaud, dans les toilettes. Elle lui demanderait d'enlever sa djellaba. Ils avaient juste le temps avant d'arriver au monastère.

Pas question pour elle d'y méditer. Ce n'était pas d'une retraite qu'elle avait besoin.

Elle avait besoin de s'éclater.

À défaut elle éclaterait la tête de cette incontournable Christine Légo, qui tentait de lui voler la vedette à chaque rentrée littéraire.

4

Le delicatessen de Mikonos

Jaugeant d'un coup d'œil la plastique avenante d'une voyageuse en train de se remaquiller, David Mikonos s'amusa à penser : « Si dans la minute qui vient elle sort de son sac un de mes livres, je l'épouse. » Comme Belvédère, Mikonos aimait s'auto-citer – car cette phrase figurait, à peu de chose près, dans son premier best-seller.

Cette fille était du genre qu'il appréciait : jolie mais pas finie. Il était arrivé à cette conclusion en l'entendant parler à son portable. Car elle parlait littéralement à son portable. Un peu comme Nabila qui parlait à sa bouteille de shampoing.

Donc, le portable n'avait pas été sage, il tombait tout le temps, il venait de perdre sa coque rose, il sonnait quand il ne fallait pas. Elle devait le bercer la nuit et le prendre pour un tamagotchi.

Cette fille était du genre à regarder NRJ 12 et à dévorer les romans de Levide et Muzo. Ce rôle de pygmalion allait bien à Mikonos. Il se voyait comme un cow-boy qui débourre un cheval sauvage. En l'occurrence une jument outrageusement cambrée, à la crinière noire, brillante et parfaitement lissée.

Une fois lassé de ses nouvelles conquêtes, Mikonos s'en débarrassait en les jetant dans les bras d'un fils de célébrité en ébriété. Nicolas Bogoss, par exemple. Les jeunes femmes décérébrées raffolent des people. Ça pouvait même être un acteur de *Plus chouette la life*. Du moment qu'il passait à la télé…

Mikonos savait la chance qu'il avait d'être une des rares vedettes du monde littéraire. Rien à voir avec le rock ou le cinéma, mais tout de même. La première fois qu'il avait vu sa tête en 4 par 3 sur les murs du métro, il avait eu les larmes aux yeux.

Ce n'était pas une mince affaire. Car il savait pertinemment que, de l'autre côté du périphérique, il fallait être passé très souvent à la télévision pour être reconnu dans la rue. C'est aussi pour ça qu'il s'était mis au cinéma et qu'il enviait son ami Florian Belair, la nouvelle star des mamies.

Avoir son nom sur une colonne Morris, quel pied ça devait être !

Le seul inconvénient, avec la littérature et le théâtre, c'est que les femmes qui craquent pour les auteurs sont plus âgées en moyenne que celles qui aiment le cinéma. Les jeunes filles fondent littéralement pour les acteurs et les réalisateurs. Presque autant que pour les *bad guys* du rap.

C'est pour cette raison que Mikonos n'emballait que des attachées de presse ou des gourdes. Ce qui est rarement synonyme, il ne faut pas croire. Le métier d'attaché de presse est frustrant. Si ça ne marche pas, c'est leur faute ; si ça marche, c'est grâce à l'auteur.

Mais David Mikonos n'était pas dans ce train pour ça. Il était dans ce train pour assurer la promo de son dernier livre, *Le Mystère Harry Pouic*, prix Joncour des collégiens, un pastiche de roman policier où il s'était amusé à brocarder le milieu littéraire (quelle idée saugrenue !). Milieu qu'il connaissait parfaitement pour y grenouiller depuis une bonne quinzaine d'années.

Attention, il le critiquait gentiment, bien sûr. Pour ne se fâcher avec personne, par peur des représailles. Il était toujours gentil. Mikonos tenait à sa réputation de gentil garçon, doux et souriant. Au contraire de Latombe, Belvédère et Ouzbek, lui ne tablait pas sur son look – à la Trotski, silhouette mince, barbichette et petites lunettes cerclées, – mais sur son attitude positive, jamais agressive. Cela avait été sa stratégie depuis ses débuts. Il écumait les cocktails, courait les salons littéraires, allait de plateau de télévision en plateau de télévision pour s'y faire apprécier, grâce à son sens de l'humour, comme Frédéric Belvédère, et à son sens aigu de la flatterie bien tournée.

Il laissait la gravité et l'agressivité à Yann Moite, qui l'avait éreinté un soir dans « On n'est pas rendus », mais d'une manière si exagérée que ça s'était retourné contre lui.

La vie était trop courte pour être sérieux. Mikonos n'avait jamais accordé plus d'importance qu'il ne fallait à l'écriture. Cela faisait longtemps qu'il avait renoncé à être Scott Fitzgerald. Alors il avait fait un peu comme tout le monde, il s'était adapté à son époque. Une époque qui avait les écrivains qu'elle méritait. Une époque où feu Maurice G. Kraspec et Éric Mezzour passaient pour des penseurs, laissant donc grand ouvert le champ des possibles. Il y avait de la place pour les amuseurs. Les troubadours de l'écrit. Que les gladiateurs de l'édition s'entretuent donc entre eux.

Moite sabrait Marc-Édouard Nabini, qui embrochait Belvédère, qui vénérait Ouzbek, lequel ignorait Effraie, qui avait tué Moite… À la fin, il restait Mikonos, qui avait tué Muzo et s'apprêtait à manger Marc Levide.

Ceux qui n'avaient pas compris le système n'avaient rien compris. Ils étaient destinés à finir aigris, jaloux, désenchantés. Les cocus de l'histoire.

L'édition, à l'instar du 7e art, était devenue une industrie qui produisait du formaté. Les récits étaient calibrés, scénarisés, pour devenir *bankable. Bankable or not bankable. That is the question. The only one*. Le reste n'était que branlette d'intello casse-bonbons.

Pour se hisser dans le top ten de l'édition, David Mikonos avait employé la technique du coucou.

Se souvenant de ce qu'il avait appris lorsqu'il étudiait le commerce international, il avait réalisé une étude de marché. Les têtes de gondole, à cette époque, se nommaient Philippe Chiant, Daniel Pennaj et Alexandre Lejardinier.

Il trouvait Chiant trop rock américain, Pennaj trop noir polar.

Restait Lejardinier : bien Français moyen, limite cousin de province. Le gars sympa, souriant comme lui. Le profil du gendre idéal. Marrant. Pas barbant. Léger, rose et sucré comme de la barbe à papa.

Mikonos étudia attentivement l'œuvre d'Alexandre Lejardinier et s'aperçut qu'elle était peuplée de personnages pittoresques qui aimaient les chiens. Ce fils d'écrivain célèbre avait réussi le tour de force d'imiter son père en écrivant toujours le même livre. En moins bon. Il racontait l'histoire d'un drôle de zèbre, aimant les chiens, qui ne cessait de (re)séduire son épouse, dont il s'était éloigné – mais il ne s'était jamais éloigné de son chien.

Constatant qu'un grand nombre de femmes adoraient ce concept de fidélité cucul la praline, il décida d'écrire lui aussi des romans à l'eau de rose à la Guy des Cars, harlequinisés et aux fragrances plus modernes.

Mais avoir du nez ne suffisait pas. Il fallait aussi avoir de la chance. Et la chance, ça se provoque. Lejardinier s'était lancé en politique – « Zébrons la vie ! », c'était son slogan –, il laissait le champ libre à Mikonos. À lui le créneau porteur des femmes mûres, mal aimées par leurs maris. Il allait les faire rêver, les faire fantasmer. Il allait leur en donner, de l'amour, à toutes ces délaissées. Il allait leur donner envie de lui.

Il passa alors en mode Rastignac : à nous deux Saint-Germain-des-Prés ! Il y boufferait à tous les râteliers.

Une fois qu'il eut remplacé Lejardinier sur le terrain des cougars en pamoison, David Mikonos s'était attaqué à celui, plus fertile, des jeunes filles en pleurs. Il appelait ça sa petite épicerie, son *delicatessen*. Pour elles, l'équation était encore plus basique : plus c'était bête – les fameuses téléspectatrices de NRJ 12 –, mieux ça marchait. Au fond, Mikonos les trouvait stupides, mais c'était son public. Difficile de cracher dessus. Il s'imagina cracher sur ses lectrices, lors de séances de dédicaces, et ça le fit beaucoup rire.

L'époque était moins exigeante, en termes de qualité littéraire, la stratégie de Mikonos avait fonctionné comme sur des roulettes de skateboard, activité qu'il pratiquait comme du temps de son adolescence. Dans sa tête, il n'avait d'ailleurs pas vraiment quitté cette période.

Le Mystère Harry Pouic avait pour sujet l'imposture d'un écrivain médiocre. Deux sujets qu'il maîtrisait parfaitement. Il n'en revenait pas lui-même que ça marche aussi bien pour lui, alors qu'il produisait si peu d'efforts. C'en était miraculeux. Quoique, ça avait été un travail de longue haleine quand il y repensait. Il lui avait fallu plus de dix ans pour se faire apprécier de tous ou presque. Des années passées à tapiner. À dire du bien des autres quand il les rencontrait.

Personne ne déteste quelqu'un qui dit du bien de soi. Il n'est pas donné à tout le monde de se mettre dans la poche les personnes influentes du milieu. C'est beaucoup plus subtil qu'on ne pourrait le croire. Il faut être stratégique.

Inutile pour Mikonos d'envoyer des services de presse aux critiques de *Libération* et des *Inrockuptibles*, par exemple. Ce n'est définitivement pas leur came. À moins d'aimer se faire éreinter. Ce n'était pas son cas, il n'était pas maso.

Ses cibles idéales étaient *Version Femina* et *Paris Match*. Là, c'était du tout cuit. Pas trop de réflexion, juste du gentil ressenti, du bon sentiment. Mikonos plaignait sincèrement les auteurs qui s'échinaient à écrire des œuvres noires, sombres et ambitieuses, dans le fond comme dans la forme. Des romans avec du sens ! Cette blague ! Voire engagés politiquement. Quelle plaie ! Pourquoi s'emmerder à proposer de la confiture aux mignonnes si elles se contentent de brouet ?

Pour les sujets des livres mikoniens, que demandait la lectrice lambda ? Passer un bon moment et oublier ses soucis. Une amourette bien ficelée, avec des phrases qui font mouche. Ou une belle histoire lacrymale.

La dernière idée géniale de Mikonos avait été de sortir de l'oubli une artiste victime du génocide arménien. Réflexe communautaire oblige, c'était l'assurance de centaines de milliers de lecteurs. Qui pouvait rester indifférent à l'horrible sort d'une victime de génocide ? Surtout si l'artiste était excellente ? Bien torché, c'était inattaquable. Quasiment inratable.

Ou alors on pouvait aussi relancer un bon vieux fait divers de derrière les fagots. Quand on ne sait plus quoi écrire, il n'y a qu'à ouvrir les archives. Faire passer des gangsters pour des héros, par exemple. Raconter ce qui se cache dans les chambres à coucher de grandes figures historiques. Son prochain livre s'intitulerait *Femmes de terroristes*. Personne n'avait encore osé écrire ça. Et ça allait marcher, forcément, puisque c'était distrayant.

La littérature était devenue un objet de consommation comme les autres, un vecteur de loisir au service de « l'industrie du livre ».

Son éditeur lui-même se moquait bien de savoir si ses bouquins étaient bons, puisqu'ils se vendaient comme des petits pains. Son argument imparable pour s'en justifier : grâce à ses gros tirages, il pouvait continuer à publier Philippe Jaccottet. Sous-entendu : un vrai écrivain, lui.

Mikonos n'en prenait pas ombrage. Il savait très bien que Jaccottet lui-même enviait ses chiffres de vente. Le rapport de force était en sa faveur. Et puis, tout ça était tellement subjectif, relatif. Les goûts et les couleurs, hein. En plus, les auteurs morts – Montaigne, Cervantès, Molière, Shakespeare – payaient beaucoup mieux que les autres les salaires de la « chaîne du livre ».

Il avait donc non seulement la reconnaissance du ventre – et de ses lectrices –, mais aussi celle du milieu. Un milieu avec ses codes et ses parrains. Un milieu dans lequel il était déconseillé de jouer les électrons libres, sous peine de se voir violemment ramené dans le rang ou carrément éliminé. Un milieu au sein duquel il fallait jouer le jeu, être gentil avec ses alliés, leur rendre de menus services. Comme dans la pègre sicilienne, où règne l'omerta.

Dans l'édition, la règle était l'*hypocrisia*. Qui n'était rien d'autre que du compagnonnage. Où était le problème à s'entraider ? se demandait Mikonos. Le monde de l'édition avait toujours fonctionné comme ça. Il fallait trouver la bonne cordée – des fils de, de préférence –, comme en alpinisme. Et casser la gueule aux aînés les plus faibles. Mais attention, seulement quand ils n'étaient plus membres des jurys littéraires ! On ne touchait surtout pas aux critiques comme Jérôme Crachin, Olivier Barre-Haute, Arnaud Déviant, Philippe Tison, Nelly Kelbelélan, Olivia de Lagarderie, Pierre Levanneur, Éric Naujourde et Éric Nœud-Bof, Patrick Baisons, Gérard Colère… Surtout Gérard Colère, dit « La Houpette de Saint-Maur », ainsi qu'Éric Chevillette, qui avaient pris la relève, chacun à leur manière, de la très redoutée Angela Rivaldi.

On ne touchait pas à ceux-là, ça aurait été du suicide. Sans oublier les modérateurs, comme Baptiste Ligier, Hubert Airbus et Christine Fernion, qu'il caressait dans le sens du poil et des cheveux, quand il y en avait.

Et ne parlons pas des trop rares animateurs d'émissions littéraires comme Christophe Onondedieu-Kilébo et François Brummell.

Mikonos ne comprenait pas les trublions qui osaient briser les liens presque familiaux et l'omerta qui régnait dans le milieu. Ils devaient assumer les conséquences de leurs actes. Comme Marc-Édouard Nabini, par exemple, alias « le Scorpion », capable de s'en prendre à ses propres amis. C'était dans sa nature. Belvédère en avait récemment fait les frais, et Frédéric Terdadéli avait de quoi s'inquiéter, maintenant qu'il avait quitté la télé.

David Mikonos en avait de trop, lui, des amis. Au point de ne pas les reconnaître parfois. Il se demandait jusqu'où il irait à ce train-là. Le TGV du succès, pas le tortillard qui le menait poussivement au monastère. À quarante ans à peine, il pouvait viser plus haut que le prix Renardot et le Joncour des collégiens. Pourquoi ne pas rêver du prix de La Coupole ?

Il en toucherait deux mots à Jean de Moisson, à l'occasion.

Sans oublier un César, voire un Oscar. Le Nobel, peut-être pas. Il avait conscience de ses limites. Mais en France, il ne fallait rien exclure, avec le talent qui était le sien. David Mikonos pouvait d'ores et déjà rêver à l'immortalité.

Il eut le sentiment qu'il allait la toucher de près au monastère. C'était d'ailleurs le sens de l'invitation sibylline qu'il avait reçue :

Cher David Mikonos,

Vous qui rêvez d'éternité, je voudrais partager avec vous mes messages de l'au-delà. Libérez-vous de vos peurs, de vos attaches trop matérialistes pour construire votre propre bonheur. Spiritualité et réalité ne sont pas incompatibles, vous verrez. Levez-vous et rejoignez-moi.

Un Cognito

David Mikonos avait accepté l'invitation en espérant convaincre le milliardaire de financer l'adaptation cinématographique de son nouveau roman marrant. Il ferait ça subtilement, comme d'habitude. Il n'oubliait qu'une chose : entre immortalité et éternité, il y a la même marge qu'entre écrivain et faiseur.

Lui, il voulait tout avoir : l'aura du créateur, le cœur des laudateurs et l'argent du lecteur. Il visait encore plus haut. Son nouvel objectif était de piquer la clientèle de Marc Levide et Guillaume Muzo. Il se donnait cinq ans pour les détrôner. Le temps qu'il lui avait fallu pour évincer l'autre zèbre.

Mais d'abord, il fallait se faire le vieux. Il n'y avait pas de place pour deux sympas à Saint-Germain-des-Prés.

5

L'égo de Christine

Raide comme un piquet, comme à son habitude, Christine Légo s'était installée dans un compartiment à demi désert. Elle avait cinquante ans et supportait de moins en moins les gens, les autres, le monde. Tout ce qui n'était pas elle, en fait. Surtout les hommes. Pourtant, avec ses cheveux coupés très court, elle ressemblait à un petit mec. Ce côté garçonne n'avait pas déplu à Doc Gynécon, le rappeur sarkozyste au cerveau aussi vif qu'un cendrier vide, autrement appelé « l'Azimuté du bulbe ».

Ces deux-là s'étaient rencontrés dans une boîte de Brive, après la Foire du même nom où le chanteur était venu vendre sa biographie. « Tu es le seul nègre que je connaisse à n'avoir pas écrit son livre », lui avait-elle lancé, pince-sans-rire. Et ça lui avait plu, à Doc, cet humour couillu. Il avait trouvé Christine Légo très culottée d'oser lui sortir ça à lui, le Renoi des cités.

Chacun avait entrepris de vampiriser l'autre, pour le buzz et sa gloriole personnelle. Et à la fin de l'accouplement, c'est la mante religieuse qui avait bouffé ce qui servait de cerveau au *gan-jaman*. « Une histoire d'amour dont j'ai eu du mal à me sortir », avait-il confié ensuite à *Ouh ! la la ! y a du people*. « Je ne pensais pas me faire avoir sentimentalement. Elle est sans pitié. Elle s'est nourrie de moi pour s'emmener en haut, vers son cerveau. C'est elle qui m'a baisé ! » Puis Christine Légo était passée à un autre mâle à émasculer. Sa détestation des hommes allait devenir son fonds de commerce. Sa détestation de tous, une façon d'exister.

Christine Légo exécrait surtout la jeune génération, sa façon de s'habiller, de se tenir, de faire de la politique ou d'écouter de la musique. Cette histoire de « Nuit debout » par exemple, quelle chienlit ! Il n'y avait pas beaucoup de caissières de chez Lidl parmi cette masse de bobos coiffés de bonnets péruviens qui squattaient la place de la République. Comme il n'y avait pas de gens des cités dans la manif « Je suis Charlie ». Cette époque allait vraiment à vau-l'eau. Il lui aurait fallu une bonne révolution, ou une dictature, tiens ! Un événement brutal qui aurait nettoyé les consciences, qui aurait tout remis à plat. C'est ce qu'elle s'échinait à tenter d'expliquer chaque semaine dans sa chronique de *Libé*.

Récemment, elle avait trouvé le moyen de susciter la polémique, donc de créer le buzz, en accusant un petit éditeur de publier des textes à caractère pédophile. Ce qui était parfaitement inexact. Elle n'avait même pas vérifié ses affirmations, sachant bien que l'important était de tenir la scène par des coups médiatiques, de créer un rapport de force en imposant sa voix.

D'ailleurs, ceux qui l'invitaient, dans les salons ou à la télé, se moquaient bien de savoir si elle était légitime, si sa parole relevait du littéraire, puisque avec elle il se passait toujours quelque chose. Elle assurait le spectacle. Elle savait qu'elle attirait le public. On venait la voir comme une bête curieuse, en se demandant ce qu'elle allait encore bien pouvoir dire comme âneries.

Retranchée sur son siège, Christine Légo ressassait les raisons qui lui avaient fait accepter cette invitation. Elle ne voyait pas trop le rapport entre elle et les autres auteurs. Mais elle aimait se donner en spectacle. Exprimer son trop-plein.

Pour elle, les autres écrivains n'avaient aucun style. Or il n'y a que ça qui compte. Depuis Duras, qui avait encore du style ? Non, depuis Duras il n'y avait plus qu'elle.

Elle serra les lèvres et se remémora les termes de la lettre qu'elle avait reçue.

Chère Christine,

Je vous ai écoutée lire au Marathon des mots de Toulouse et j'ai été soufflé. Plus personne ne lit comme ça, de nos jours. Avec fièvre et passion. Vous avez du souffle et notre Société des gens de lettres en manque tellement... Je serais heureux que vous envisagiez de venir passer un week-end au monastère : vous seriez mon invitée. Tous frais payés évidemment, plus un dédommagement, pour le temps passé hors de votre bureau de travail, de mille euros par jour, soit deux mille en tout si cela vous convient.

Avec mes meilleurs sentiments.

Un Cognito, impatient de vous connaître.

Sur le moment, elle avait cru à une blague. La signature était illisible. Ça l'avait agacée. Quel pseudonyme ridicule. Et puis elle s'était souvenue de sa prestation de Toulouse. Les gens avaient apprécié sa lecture.

Elle savait qu'elle lisait bien. Elle mettait tout son être dans ses mots, sa diction. Peu d'auteurs savent bien dire leur texte. C'est un don. Ça se travaille, mais c'est un don de Dieu.

Christine Légo ne croyait pas en Dieu, elle croyait en l'écriture. Elle venait de penser n'importe quoi avec cette histoire de Dieu et d'écriture. Mais Christine Légo pouvait dire ce qu'elle voulait, les gens l'écoutaient sans la contredire. Elle y mettait tellement de conviction. À vrai dire, elle faisait peur. Les libraires et les journalistes avaient peur qu'elle se fâche. On avait toujours l'impression qu'elle allait vous arracher les yeux.

Au monastère, elle espérait trouver le silence. Elle avait entendu dire des choses sur le propriétaire des lieux. Il était question d'un milliardaire fantasque, ou d'une star du rock, elle ne savait plus exactement. Mais ce qui l'attirait le plus, c'était l'austérité des franciscains. Le côté discipline du monastère, aussi. Si on pouvait y faire vœu de silence, quel repos ce serait !

Elle avait besoin de calme. Ça faisait trop de bruit dans sa tête. Les mots se bousculaient. Il fallait que ça sorte. « Ça », c'était ses mots à elle. Et elle n'était pas n'importe qui. Quoi qu'il se passe, ces deux jours à Saorge lui feraient un week-end de vacances.

En plus, l'énorme à-valoir qu'elle avait touché en changeant de maison d'édition masquait mal la réalité : ses livres se vendaient moins bien qu'avant. Ses revenus avaient baissé. Cette pige ne serait pas de trop pour renflouer les caisses.

Mais surtout, ça lui donnerait l'occasion de se rapprocher de l'autre tête de nœud cachée sous son chapeau ridicule. Il ne pouvait pas y avoir deux pondeuses de livres annuels à Saint-Germain-des-Prés.

6

Michel Ouzbek se soumet

Michel Ouzbek tirait sur sa vapoteuse. Il se fichait bien de l'interdiction de fumer, et même de vapoter. Personne n'avait osé protester autour de lui, surtout pas le contrôleur, car de contrôle il n'y avait pas. Comme si cette ligne régionale était menacée de fermeture. Et que risquait-il, après tout ? Au pire une amende, au mieux une demande d'autographe.

Il regarda par la vitre de son compartiment. Le train entrait en gare de Breil-sur-Roya, où il devrait descendre au retour pour rentrer sur Nice. Quelle plaie, ces TER de province ! À vol d'oiseau, le monastère n'était pas loin. Il s'en souvenait très bien.

Qui pouvait bien être cet Un Cognito ? Il n'avait pas bien compris de qui il s'agissait. Un ami de Bob Nelson, manifestement.

Votre agent m'a dit que vous connaissiez l'endroit. Vous y retrouverez vos anciens camarades. Ils auront plaisir à parler avec vous du bon vieux temps du rock alternatif

Cognito était bien renseigné. Michel Ouzbek avait effectivement séjourné au village, juste après le départ des derniers franciscains, début 1990. Il n'avait pas pu résider au monastère, alors en réfection, mais de ce bref séjour à Saorge il avait tiré un chapitre des *Molécules parlementaires*, roman à succès dans lequel il décrivait les habitants du village comme « des drogués venus se refaire la cerise à Castou et passant leur temps à boire du mauvais vin en cubi ».

L'un d'eux était effectivement resté bloqué dans les années 1970 et ne cessait de répéter la même phrase, en boucle : « La Vraie vérité Vraie des arbres en bois dans la forêt… La Vraie vérité Vraie des arbres en bois dans la forêt… »

Castou est un lieu-dit, à l'écart du village, où subsiste encore aujourd'hui une micro-communauté anarco-hippie qui sait où planter de la bonne. Les gendarmes leur font régulièrement la chasse, pour la forme, puis ils laissent tomber, sachant très bien qu'il s'agit essentiellement de consommation personnelle et non de bizness.

Bref, de son style au scalpel, plein de fiel, Ouzbek réglait ses comptes avec sa soixante-huitarde de mère, Nadine Ouzbek, coupable à ses yeux de l'avoir abandonné, enfant, pour rejoindre une communauté de babas cool qu'il avait surnommés « les Indiens ».

Depuis, les anciens du village appelaient toujours ces « alternatifs » des « Indiens », et les plus jeunes disaient qu'ils allaient casser la gueule à ce « con d'Ouzbek ».

Cette perspective lui plaisait : ça rappellerait le passage à tabac de Gainsbourg par les paras pour avoir adapté la *Marseillaise* version reggae.

Tout ce qui était violent, morbide, charnel fascinait Ouzbek. C'était tellement loin de lui, qui était si au-dessus de tout ça... Son physique, son corps l'encombraient. Il ne se voyait qu'en cerveau pensant. En ordinateur cérébral.

Depuis son livre sur la France soumise au diktat islamiste, *Les mahométans sont parmi nous et ça va barder*, pris d'une crise de paranoïa, il se terrait chez des amis sûrs. On disait qu'il provoquait. Lui pensait dire « la » vérité, évidemment.

Bon, il avait eu ce qu'il cherchait, inconsciemment ou pas.

Lui qui avait quasiment appris à lire avec *Pif Gadget* était devenu tout sauf progressiste. Un vrai réac. Il haïssait les gens de gauche, regardait la plèbe de haut, se proclamait contre l'avortement, stigmatisait tout ce qui n'était pas chrétien. Annonçait le « Grand déplacement ». Il n'avait que mépris pour les migrants : ces gens-là n'avaient que ce qu'ils méritaient. Une autre culture – si on pouvait appeler ça « culture » –, en retard sur tout. Incapables d'apprécier un opéra ou un ballet !

En France, les soumis bougeaient en même temps, en troupeau, pour les vacances comme au boulot. Métro-boulot-bobo. Entassés aux mêmes endroits. Des moutons faciles à manipuler. Bons à égorger par les *Muslims*. Tout est bon dans le bobo.

Leur look de hipsters parisiens horripilait Ouzbek. Sur le look, il n'avait de leçons à donner à personne. Lui ne s'habillait pas avec des vêtements. Il se recouvrait de tissus pour ne pas avoir froid.

S'agissant de son enveloppe corporelle, seules ses dents lui importaient. Son nouveau dentier le gênait. Ça lui faisait un point commun avec Jean de Moisson.

C'était bien le seul : contrairement à ce dernier, plus il vieillissait, plus il se sentait devenir agressif. La morale, c'était mal. Le cynisme, c'était in. Il exécrait la bien-pensance des post-gauchos. La bonne conscience des intellos guévaristes. Lui faisait partie de l'élite. Il jugeait de haut. Se disait spinoziste puis disciple de Schopenhauer. À qui ça faisait deux belles jambes.

En tout cas ce n'était pas à Saorge, ce village d'altitude de quatre cents habitants, qu'ils allaient venir le chercher, les djihadistes. Surtout dans un monastère. Ce monastère franciscain, ça l'intéressait de le voir enfin de l'intérieur. Jusque-là, il n'avait pu que tourner autour. Un tas de rumeurs circulaient à son sujet. Il y avait peut-être du vrai dans ce qui se disait, à savoir que le ministère de la Défense l'aurait réquisitionné. Pour neutraliser le passage des migrants. La région, frontière avec l'Italie, avait toujours été une passoire entre les deux pays. Cet Un Cognito milliardaire était sans doute la couverture d'une sorte d'agent double.

Encore vingt minutes de trajet et Michel Ouzbek arriverait à la gare de Fontan-Saorge, où l'attendait une navette spéciale. Qu'il avait décidé de ne pas prendre, pour éviter d'avoir à parler aux autres. Surtout à ce raseur de Belvédère : le gai barbu se proclamait son ami, ne cessait de l'appeler. Il lui en voulait. Il ne savait plus pourquoi, mais il était fâché. Tout le monde finissait par en vouloir à Belvédère. Ouzbek refusait de lui être associé.

Ouzbek n'avait pas d'amis dans ce milieu. Depuis la mort de son chien, il n'avait d'ailleurs plus d'ami du tout. Même pas lui-même : il était son meilleur ennemi.

Le petit David, non, il ne le considérait pas comme un ennemi. L'expérience qu'il comptait mener sur place n'avait rien de personnel. Mais c'était trop inespéré d'en avoir trouvé un plus faible, un plus couard que lui ! Qu'est-ce que ça faisait d'avoir le dessus sur un homme, de se prouver qu'on pouvait être le plus fort ? Faire passer un sale quart d'heure à un être humain, le torturer et le regarder souffrir.

Oui, tout ce qui était violent, morbide, charnel fascinait Ouzbek.

7

Yann Moite écrit sous lui

Yann Moite conduisait depuis l'aube et il était vanné. Mais si heureux de parader enfin dans la voiture de ses rêves, une Ford Mustang 1964, couleur *dark green Bullit*. Comme celle du film culte avec Steve McQueen. Il aurait bien aimé la Ford Torino 1975, rouge et blanc, de la série *Starsky et Hutch*, mais elle était vraiment trop voyante.

Dommage, il en rêvait depuis ses débuts à « Salut les cocos ! », un talk-show pur jus dans lequel il jouait les trublions aux côtés de Christophe Delavanne.

Il avait à peine dormi depuis la fin de l'enregistrement d'« On n'est pas rendus » la veille au soir, mais c'était la rançon du succès. Un succès qu'il avait tellement désiré. Et qu'il jugeait amplement mérité. Il lui avait fallu plus de quinze ans pour en arriver là. Tout était possible à la télé. À force de squatter les plateaux d'émissions et les dîners en ville, on avait même vu un ancien prof de philo finir directeur de l'information sur France Télévisions ! Alors Yann Moite était devenu très fort dans son domaine : aller se faire voir. Il avait même accepté de se faire humilier en direct pour passer à la télé. Il savait pourtant qu'on ne faisait qu'y passer, justement.

Maintenant, il avait trouvé le moyen de s'y défouler sur les autres. La machine était lancée, cette fois il avait décroché une rente à vie. Aujourd'hui, il était un écrivain arrivé. Ses journées étaient surchargées. Il ne savait plus ce que le mot loisir voulait dire. Entre deux émissions de télé ou de radio, il écrivait ses chroniques et ses livres de commande.

C'était d'ailleurs une lettre en forme de commande qui l'avait incité à sortir son bolide *vintage* pour rejoindre ce monastère. Une lettre formulée bizarrement mais accompagnée d'un chèque mirobolant. Ce milliardaire de Cognito pouvait manifestement tout se permettre : il lui demandait d'écrire un livre sur lui. Littéralement « sur » lui, en vue d'une performance artistique qui serait filmée en direct-live et retransmise sur Internet. Pour la somme en question, Moite voulait bien écrire à poil si on l'exigeait.

Mais il était si fatigué. Il se sentait pompé. Vidé de sa substance. Après le talk-show, il avait toujours besoin d'une bonne heure pour que l'adrénaline redescende. Ce n'était pas du direct, mais il agressait les invités avec une telle conviction qu'il se sentait rincé, comme après un match de boxe. Surtout qu'à deux heures du matin, au lieu d'aller se coucher, il fallait encore signer des autographes aux groupies qui l'attendaient à la sortie du studio. Studio situé en banlieue, où il devait en plus aller boire un verre avec l'animateur de l'émission Laurent Roquet sous peine de le vexer s'il s'en abstenait. Roquet était connu pour avoir l'esprit de bande. S'extraire du groupe, c'était risquer de perdre sa place de chroniqueur. Or les places étaient chères. Un bon chroniqueur pouvait se voir confier sa propre émission. C'était le cheminement : de simple critique littéraire, on passait au statut de chroniqueur télé, puis quelques années plus tard, on animait sa propre émission. « J'm'en balance pas mal » pour l'un, « 200 p » pour l'autre.

Que l'émission soit diffusée à pas d'heure ou sur des chaînes confidentielles n'avait aucune importance. Ils en étaient, c'était ça qui comptait.

Les chroniqueurs étaient devenus les nouvelles stars du PAF. Plus seulement des faire-valoir des animateurs des talk-shows, aux prises avec l'audimat.

Il y avait deux catégories de chroniqueurs : les amuseurs, dans la tradition « bouffons du roi », Laurent Baffé par exemple, ou Ariel Visemal, Nicolas Bogoss ; et les snipers, descendants des polémistes de la presse époque Pierre Lazareff à la Philippe Boulevard.

Yann Moite faisait partie de cette dernière catégorie.

En quelques semaines, il s'était fait une réputation de *killer* à sang froid et avait su se faire détester. Être redouté était bon pour sa réputation. C'était toujours mieux que susciter l'indifférence. Il aimait pousser les invités dans leurs retranchements. On le disait orgueilleux, agressif, arrogant. Alors qu'il était surtout intelligent, cultivé, écorché vif. Lui aussi était encore un enfant qui avait manqué d'amour, de l'affection d'un père. Ça sautait aux yeux à l'écran, lorsque après un bon mot il quémandait les félicitations de Laurent Roquet.

Ce que les téléspectateurs ignoraient, c'était la forme de génie qui l'habitait. Cet homme était capable de choses ahurissantes. Il pouvait par exemple citer toutes les chansons de Claude François mais aussi la date de leur création, sans oublier les paroles, qu'il connaissait par cœur. Idem pour le répertoire du guitariste Frank Zappa, son idole, qu'il mettait au même rang que Charles Péguy. Il opposait d'ailleurs souvent cet argument à ses détracteurs : qui, à part lui, osait parler de Charles Péguy dans une émission de grande audience ?

Et ce n'était pas la seule de ses fixettes. Il vouait ainsi une telle passion à la Corée du Nord, le dinosaure du communisme dictatorial, qu'il tenait absolument à lui consacrer un livre. Toutes ses demandes de visa avaient été refusées, depuis son premier – et dernier – voyage au pays de Kim Il-sung. Mais il ne se décourageait pas. Il insistait. Persévérait. On pouvait lui reprocher un tas de choses mais pas son sens de l'opiniâtreté. Rien ne lui faisait peur. Il savait ce qu'il voulait et quand il le tenait entre ses dents, il ne le lâchait pas.

Yann Moite venait de publier mille pages sur sa propre mort. Mille pages de pas grand-chose sur pas grand-chose, donc, mais mille pages tout de même, quel exploit ! Mille pages publiées chez un éditeur qui avait pignon sur rue. Mille pages qui lui avaient servi à régler ses comptes avec son père. Des histoires de mort qu'on a devant soi, tandis qu'on aurait sa naissance derrière soi. Ça n'avait pas beaucoup de sens mais qui s'en souciait ?

Comme Christine Légo avec son père et Michel Ouzbek avec sa mère, écrire lui coûtait moins cher que d'aller chez le psy. Et ça avait marché ! La chance avait joué en sa faveur. Elle ne suffisait pas à assurer le succès, mais il fallait en avoir. Aller la chercher, la provoquer. Et être opportuniste.

Yann Moite regrettait parfois ses jeunes années, quand il écrivait des histoires d'amour d'inspiration romantique. Il se revoyait marcher fiévreusement, manuscrit sous le bras, depuis la porte de Clignancourt, où il habitait, jusqu'à Saint-Germain-des-Prés, pour présenter son œuvre aux éditions Grassouillet. Il vibrait, à cette époque. Il y croyait. Mais il fallait se montrer raisonnable, ce n'était pas avec deux mille exemplaires vendus qu'il allait passer à la télé.

Un coup de klaxon assourdissant le fit tressaillir en pleine méditation. Un énorme 4 × 4 le doublait à plus de cent à l'heure, sur cette route sinueuse qui n'en finissait pas. Et il songea : *encore un de ces jeunes provinciaux qui roulent à tombeau ouvert...*

À propos de tombeau, il espérait bien que le monastère deviendrait celui de l'écrivain à parka. Le talent instinctif de ce poète minimaliste était une gifle à sa prose logorrheuse. Une douloureuse resucée de la rivalité Mozart-Salieri.

Ce Cognito lui avait donné une idée : c'était sur Michel Ouzbek qu'il écrirait en premier. Et en secret. Oui, il s'assiérait sur sa sale face et l'étoufferait de son séant tout en pondant un chef-d'œuvre – le chef-d'œuvre de Yann Moite, enfin ! Deux mille pages sanglantes noircies sur le cadavre d'Ouzbek, qui donneraient ainsi tout son sens à l'expression « avoir une tête de cul ».

8

Jean de Moisson et ses drôles de dames

Tout en entrant de manière triomphale dans le village de Breil-sur-Roya, ignorant qu'il venait de doubler Yann Moite, Jean de Moisson lança cette réflexion à la cantonade : « C'est fou le nombre de conducteurs du dimanche qui traînent sur les routes. Toujours un pépère pour lambiner en admirant le paysage ! Et pour couronner le tout, ils roulent en plein milieu pour vous empêcher de dépasser. Conduire une voiture de sport de nos jours est un non-sens, avec tous ces radars ! Quand j'étais jeune, vous auriez dû voir ça. Nous ne portions pas de ceinture de sécurité. Bon, d'accord, ça a tué Nimier et Camus, vous me direz. Et Sagan a failli y passer. Mais on mourait en Aston Martin, à l'époque. C'était la classe ! »

À plus de quatre-vingt-trois ans, l'académicien s'adressait à ses trois passagères comme un étudiant en goguette à des lycéennes. D'ailleurs,

Tatiana de Roseray, Delphine Végane et Kathy Podcol se comportaient de fait comme des ados, se gondolant à chaque anecdote de ce bon vieux de Moisson. C'est qu'il en avait vu et entendu, « Beaux Yeux », ainsi qu'elles l'avaient surnommé entre elles.

Toutes trois avaient accepté de passer la nuit dans sa propriété azuréenne, sur les hauteurs de Nice, face à la mer. Une sublime demeure qu'il avait rachetée à l'acteur écossais Sean Connery, dont il connaissait bien la femme, une Française.

Malgré son âge avancé, elles n'avaient pas peur d'être dans sa voiture. Il conduisait si bien. À vrai dire, il conduisait comme il parlait, avec souplesse et agilité.

Les quatre écrivains – puisque l'académicien l'emporte – ne cessaient de rire depuis leur départ du port de Nice, où ils étaient allés visiter la maison de naissance de J.M.G Le Glézeux : « Quel bel auteur ! s'exclamait de Moisson. Beau gosse, brillant. Il avait tout pour lui à l'époque, celui-là. À côté de cet homme, je suis un nain et un tâcheron. »

Attendant le « Mais non, ne dites pas ça ! » qui n'arrivait pas, il poursuivit : « Prix Renardot à vingt-cinq ans ! Vous imaginez. Pour le *P. V.* Quel titre génial ! Le *P.V.* Et moi qui m'emmerdais à chercher des titres à la Chateaubriand ! Savez-vous que Raymonde Charles-Moux n'a pas écrit *Oubliez Catane*, prix Joncour pour son premier roman ? C'est mon ami François Lessourcier qui lui tenait la plume. Romain Ajar n'avait rien inventé ! Lessourcier est le premier Émile Gary de la littérature française ! Et lui a su garder le secret. Ne répétez surtout pas ça, hein ? C'était une grande dame. Mais elle ne savait pas écrire. Comme tous les Marseillais ! Ils n'ont aucune culture, là-bas. À part Suarès, et les joueurs de l'OM, bien sûr... » Les trois écrivaines laissèrent fuser des rires faussement outrés.

Impossible d'en placer une pour ces passagères, qui d'ailleurs n'écoutaient pas toujours, faisant des apartés entre elles lorsqu'elles apercevaient une jolie demeure en bord de route, ou bien des gens hideux dont elles pouvaient se moquer. Surtout des femmes. Elles s'habillaient tellement mal, en province. Et cet accent du Sud ! D'un vulgaire.

Des trois « best-selleuses », Delphine Végane était de loin la plus silencieuse et la plus enfantine. D'une nature renfermée, elle était à fleur de peau. Comme une adolescente allant à son premier rendez-vous amoureux. Toujours un peu tête en l'air, dans la lune. Légèrement gauche, apparemment écervelée. Du genre à perdre ses clés, à ne pas reconnaître les gens dans la rue.

Elle n'approuvait pas les dires de Moisson, ni les rires de ses collègues écrivaines, mais souriait poliment en se rongeant les ongles. Avec de la distance, plus que de la retenue.

Souffrant du dos, elle avait hâte d'arriver au monastère pour s'étendre quelques minutes. Elle espérait qu'on ne l'interrogerait pas à nouveau sur sa liaison avec un célèbre animateur d'émission littéraire. Depuis qu'ils s'étaient affichés en public – elle en avait même fait état dans son dernier livre –, ça lui attirait des remarques désobligeantes. Voire carrément insultantes sous des dehors faussement naïfs. En gros, le succès de ses deux derniers romans concordait avec leur rencontre. Cette coïncidence la troublait elle-même. Elle ne savait comment le prendre. Mal, forcément. Parce que ses premiers livres étaient aussi bons, si ce n'est meilleurs, que ses deux derniers best-sellers. À n'y rien comprendre. Le public était devenu tellement versatile. Le succès est toujours un malentendu, avait justement souligné Julien Gracq.

Delphine Végane se sentait coincée, assise entre Kathy Podcol et Tatiana de Roseray, aussi épanouies et sympas l'une que l'autre. Toutes deux avaient une bonne dizaine d'années de plus qu'elle et avaient à peu près le même lectorat, ça les rapprochait.

Végane regrettait déjà d'avoir accepté l'invitation de cet hôte mystérieux. Elle n'avait pas grand-chose à dire sur ses deux aînées. Pas grand-chose à en lire non plus.

De Moisson était bien plus intéressant. Maître à penser – sur un plateau télé – de Belvédère, et invité d'honneur de la soirée littéraire de ce vendredi soir, il allait mettre un point d'honneur à fustiger le « langage parlé » très en vogue en littérature. Lui écrivait dans un pur style classique qui confinait parfois au suranné, voire à l'ampoulé. Mais il savait écrire en bon français, et ça, ça se perdait ! C'était incontestable. La preuve, son œuvre était déjà dans la Pléiade. « C'est dire l'état de la littérature française depuis un demi-siècle », s'amusait-il à dire lui-même. Mais il était bien décidé à vivre intensément ce qu'il lui restait à vivre. Raison pour laquelle il avait foncé séance tenante chez cet Un Cognito au nom si rigolo. Et il était pressé d'arriver. Il avait envie de s'amuser.

Pourvu qu'il ne mégote pas sur les bons vins, songeait-il entre deux bavardages. On ne savait jamais, avec ces nouveaux riches, ils n'y connaissaient rien. Bah ! Tant qu'il y avait de jolies femmes, comme celles qu'il trimballait dans sa voiture, il saurait profiter de ce week-end. À condition que Mikonos ne lui colle pas trop aux basques.

— Vous avez vu cette tête de sorcier gravée sur un rocher, mesdemoiselles ? lança-t-il. Plus on approche de la vallée des Merveilles, plus on la distingue souvent de la route.

— Oui, tiens, qu'est-ce que c'est ? demanda Tatiana de Roseray. Ça ressemble à un personnage de BD, avec ses bras levés, à qui on aurait dit : « Haut les mains ! »

— C'est sans doute l'un des premiers graffs au monde. Il remonte à 4000 ans avant Jésus-Christ, dit-on. Mais attention, on ne rigole pas avec le Sorcier du mont Bégo, dans la vallée des Merveilles. Savez-vous, que la roche est si riche en minerai de fer que les éclairs frappent ici dix fois plus qu'ailleurs ? Quand l'orage menace, on conseille aux randonneurs d'abandonner leurs bâtons.

— Mince, le temps est menaçant, remarqua Kathy Podcol. J'espère que ça ne grondera pas trop là-haut.

— Vous viendrez vous réfugier dans ma chambre, répondit Jean de Moisson.

— Vous êtes incorrigible !

— Ici, c'est le dieu Taureau qui dispense l'orage à la déesse Terre, poursuivit de Moisson, tout en conduisant. Les bêtes à cornes foisonnent dans ce chaos écologique. Il n'est qu'à lire le nom des lieux-dits : Val d'Enfer, Pic du Diable, lac de la Fourche, lac Noir, lac du Tremblement. Savez-vous ce qu'écrivait Pierre de Montfort en 1460 ? « C'estait lieu infernal. Avec figurines de diables et mille démones partout taillez en rochiers. Peu s'en faut qu'asme ne me faille ! »

Un silence suivit ces paroles.

Jean de Moisson accéléra d'un coup. À l'arrière, les trois écrivaines poussèrent un cri de stupéfaction mêlé d'admiration. On aurait dit trois gamines à la fête foraine. De Moisson embraya dans un vrombissement et fonça en zigzagant dans les virages. Des piétons sursautèrent à leur passage. De jeunes garçons émerveillés suivirent des yeux la carrosserie rutilante qui entrait dans Fontan-Saorge. Les voitures sentaient l'argent de Monaco en contre-bas. Ici, plus on montait, plus la pauvreté gagnait.

Au même moment, dans le train qui arrivait bientôt en gare, Frédéric Belvédère leva les yeux et vit apparaître le monastère au sommet du village médiéval classé, accroché au flanc de la montagne. À la vision de cette ancienne forteresse, il pensa au *Dracula* de Coppola, mais aussi à Barbe-Bleue, qui l'avait terrorisé quand il était enfant.

Amélie Latombe songea, avec la même terreur, à la maison de *Psychose*.

Michel Ouzbek, de son côté, se dit qu'il allait bien falloir grimper jusque là-haut.

Yann Moite se demanda s'il y aurait la télé.

David Mikonos s'il y aurait de la minette à séduire.

Christine Légo se posa la même question.

Quant aux autres, que pensaient-ils ? Podcol, Roseray et Végane s'agaçaient déjà de jouer toutes les trois dans la même cour, d'écrire pour le même lectorat et donc de se concurrencer forcément les unes les autres. L'endroit ne serait-il pas propice aux règlements de comptes ? Hein, pourquoi pas ? Une dans le puits, une dans les oubliettes. Il y avait bien ça, dans un monastère, non, un puits et des oubliettes ? Sinon, on trouverait bien autre chose. Restait à savoir qui des trois aurait le dessus.

Et de Moisson, qu'avait-il en tête ? Il avait appris, d'une source bien informée, que Légo lui réservait une vacherie, au cours de la table ronde. Il se sentait suffisamment vert pour en découdre avec elle et lui faire payer son affront au prix fort.

9

L'entrée au monastère

Parvenus au sommet du village de Saorge en début d'après-midi, après avoir traversé des ruelles étroites et croisé quelques spécimens de la faune locale, les écrivains découvrirent la façade ocre du monastère. « On dirait l'entrée de Fort Alamo ! s'exclama Belvédère avec amusement. Ou le fort du sergent Garcia dans *Zorro*. »

— Du pur style baroque, confirma Latombe. Auquel j'oppose mon gothisme affirmé. C'est sublime ! On se croirait au Nouveau-Mexique, vous avez raison, Frédéric.

En effet, si de loin la bâtisse semblait terne et mastoc, suspendue à cette masse rocheuse, en bordure de précipice, de près elle était devancée par un large parvis d'herbe, planté de tilleuls, de cyprès et de pins, et son porche à arcades, jaune orangé, où avaient coulé des traces de rouille, la rendait exotique.

— Que la vue est magnifique ! s'écria Tatiana de Roseray.

Elle contemplait la vallée de la Roya, qui s'étendait quasiment jusqu'à la côte, et celle de la Bendola, qui ressemblait à un canyon des Rocheuses et remontait jusqu'à l'Italie.

Au bord du vide, un mini-lavoir, datant de 1936 – c'était gravé dessus –, déversait un filet d'eau continu. D'ailleurs, l'eau suintait du monastère comme pour le fuir. C'était tout ce qu'on entendait, quand les écrivains ne pépiaient pas, le bruit de l'eau, du lavoir et de la rivière Bendola en contrebas.

Plus le chant des oiseaux et le vent qui annonçait la pluie.

— Quel coin charmant, oui, confirma Jean de Moisson, qui avait eu toutes les peines du monde à crapahuter jusque là-haut.

Michel Ouzbek souffrait également. Il s'était coiffé d'un bob et l'avait enfoncé jusqu'aux yeux pour qu'on ne puisse pas le reconnaître.

Tous étaient essoufflés, en fait, mais tous semblèrent ravis lorsqu'ils débouchèrent devant la grande porte en bois qui indiquait l'entrée. Leur moral remonta encore lorsqu'ils découvrirent les rafraîchissements et les encas qui les attendaient à la réception.

Francesco Scarrone, le guide italien du monastère, prenait des notes sur sa tablette. « Le compte est bon ! » se réjouit-il. Les dix grands écrivains étaient tous là. Il jeta un œil navré sur Belvédère et Ouzbek.

Ils sont déjà pétés, on dirait, pensa-t-il. Ça promet.

Puis il se récapitula à lui-même consciencieusement ce qu'il avait à faire.

Des boissons trônaient sur la table de l'accueil, qui faisait office de bar. Une myriade de bouteilles différentes. Il y avait même des glaçons. Et de la tourte, une des spécialités locales.

Francesco s'adressa aux écrivains.

— *Buongiorno*. Monsieur Cognito m'a chargé de vous dire qu'il avait eu un fâcheux contretemps. Il est désolé mais il ne pourra pas arriver avant demain. Les affaires ! Du moins j'imagine... En attendant, voici une collation qui vous permettra de patienter jusqu'au dîner.

Il s'agissait ensuite de les mener à leurs cellules respectives, situées au premier étage, afin qu'ils y déposent leurs bagages, s'y reposent un peu et s'y rafraîchissent.

Comme convenu, on avait attribué à Amélie Latombe la chambre 7, la « cellule des drôles de rêves ». Celle avec la fresque représentant une tête de mort et les deux fenêtres donnant sur le Géant endormi et le « Bain du sémite ».

Francesco leur ferait ensuite une rapide visite guidée des lieux, « du sol au plafond ». Cette expression française l'amusait par avance. Parce que s'ils réveillaient les chauves-souris, comme l'autre fois avec cette résidente trop curieuse – il avait bien cru qu'elle allait s'évanouir de frayeur –, on allait bien rigoler.

Le public était attendu sur les coups de dix-huit heures. Le débat commencerait un peu en retard comme d'habitude, vers dix-huit heures trente, et s'achèverait à vingt et une heures au plus tard. Ainsi, les auteurs auraient le temps de dîner puis se coucheraient avant minuit, s'ils le désiraient. Et *basta*.

Une invitée surprise officierait en cuisine. Le patron avait insisté pour que Francesco rentre chez lui après avoir servi le repas du soir et le digestif. À minuit, maximum. Les invités se débrouilleraient le lendemain matin pour le petit déjeuner et le déjeuner. Ils avaient tout sous la main, dans la cuisine et dans le potager. Suffisait de se baisser pour cueillir : salades, radis, menthe… Ils auraient ensuite quartier libre en attendant le retour de Cognito.

Piémontais d'origine, Francesco n'avait pas la tête de l'emploi. Avec sa tignasse noire et sa barbe à la Che Guevara, il ressemblait davantage à un footballeur – il était fan de la Juve – qu'à un guide touristique. Depuis un mois qu'il était là, il effectuait la visite téléguidée à sa manière. Façon *commedia dell'arte*, avec de grands gestes et des exclamations à l'italienne. Parfois, il donnait l'impression d'avoir vu en apparition la *Madonna* elle-même. Plus souvent, il ironisait gentiment. « Qui peut croire à la multiplication des pains ? Ou au changement de l'eau en vin ? Qui peut croire qu'un barbu blond et tout maigre a marché sur l'eau ? Alors qu'il ressemblait plutôt à un

Palestinien basané, d'après des études sérieuses... C'est débile non ? »

Ces commentaires ne laissaient pas de surprendre certains visiteurs, cathos coincés, dont les récriminations sur le livre d'or donnaient une idée de leur charité chrétienne. Mais Francesco ne craignait pas de se faire virer, puisque 99 % des pensionnaires de passage en redemandaient, emballés par leur visite historique précise mais décontractée, avec humour et effets de manches.

Les prestigieux écrivains en auraient eux aussi pour leur argent, avait décidé Francesco. Enfin, l'argent du patron. Qu'il n'avait toujours pas rencontré. Tout lui paraissait bizarre ici, mais il s'était facilement adapté à ce nouvel univers. De confession catholique, en dépit de ses provocations à l'encontre du Christ, il n'avait rien contre la religion. Les moines franciscains étaient partis depuis longtemps et les résidents écrivains l'intéressaient au plus haut point, car il écrivait lui-même.

Pour dissuader les touristes de monter au premier étage, réservé aux auteurs, il affirmait en avoir vu déambuler à poil dans les couloirs. Puis il leur demandait de ne pas leur jeter de cacahuètes : les deux jardinières se chargeaient de les nourrir avec les légumes du potager. Ça amusait la galerie, c'était parfait.

La visite durait quarante-cinq minutes en moyenne. Moins de temps qu'il n'en faut pour faire disparaître un auteur.

10

Visite à l'italienne

— *Andiamo !* Si vous voulez bien me suivre…, lança Francesco.

Amélie Latombe en tête, la troupe d'écrivains lui emboîta le pas, sauf Belvédère et Ouzbek, partis discrètement s'en jeter un autre en cuisine.

— Situé entre Piémont, d'où je viens, et Ligurie, Saorge était une place forte de grande importance contrôlant la route de Nice à Turin par le col de Tende, commença le guide qui suait à grosses gouttes. Le couvent de Saorge a repris le même plan que le monastère de Cimiez, pour ceux et celles qui le connaissent. Des frères franciscains récollets y fondèrent leur couvent en 1633, à l'époque de la Réforme catholique. Récollets signifie « recueillis ». Mais j'imagine que vous le savez déjà, surtout vous, monsieur de Moisson, n'est-ce pas ?

L'académicien acquiesça en faisant signe de continuer, sous le regard attentif de David Mikonos.

— Ce sont des franciscains issus d'une réforme de l'ordre opérée au XVe siècle. Le monastère surplombe le village et les gorges de la Roya, aux portes du Mercantour. Ne pas confondre la vallée de la Roya et celle de la Bendola sauvage, située en face du monastère, côté montagne. Vous voyez, ce ciel bleu… C'est parce que c'est l'Italie ! Mais ça ne va pas durer, l'orage approche. Par ici, s'il vous plaît. Vous pouvez admirer là un cas typique de baroque franciscain. On se croirait un peu en Espagne, n'est-ce pas ?

— Oui ! Ou au Mexique, intervint Tatiana de Roseray, couvée du regard par Podcol.

— Le cloître et le réfectoire présentent des décors peints entre les XVIIe et XVIIIe siècles. Les fresques illustrent la vie de saint François d'Assise. Ce sont des allégories de vertus, des cadrans solaires – en grand nombre comme vous pouvez le constater – et des trompe-l'œil. L'église a conservé son mobilier et de magnifiques boiseries sculptées. La grande harmonie qui y règne, entre exubérance baroque et sobriété, est typique de l'ordre franciscain.

— Ces moines portaient de modestes chasubles et des ceintures de cordes avec de gros nœuds pour ne pas oublier les vertus essentielles, expliqua Jean de Moisson qui savait déjà tout.

— … Et des sandales en cuir, ajouta Kathy Podcol.

— Qu'importe leur mode vestimentaire ! pesta Légo.

— En 1639, la commune de Saorge a mis à disposition des frères la chapelle Saint-Bernard, à proximité du village, pour célébrer les offices en attendant que le couvent soit construit, reprit Francesco. En 1648, pour leur permettre de construire le couvent, elle leur concéda un terrain attenant. En 1661, elle leur attribua une aide financière pour terminer l'église dédiée à Notre-Dame-des-Miracles. La construction du couvent s'acheva dans les années qui suivirent.

— Les révolutionnaires les ont chassés, intervint de Moisson.

— Attendez, maestro, nous n'en sommes pas là… Les bâtiments furent restaurés entre 1760 et 1762 par le maître maçon Calderari de Lugano qui apporta un complément de décoration à l'église et au cloître. Nous y voilà : en avril 1794, les soldats républicains entrent dans Saorge, chassent les franciscains du monastère et occupent celui-ci.

— Pour y faire ripaille, on imagine, proposa de Moisson.

— Et trousser quelques oies blanches, suggéra Yan Moite, mais ce fut un bide.

— Le lieu a ensuite fait office d'hospice communal, avant d'être rendu aux Franciscains en 1824. Les moines y ont demeurés jusqu'en 1903, date de promulgation de la loi sur les congrégations. Ensuite le monument a périclité et a subi des reconversions diverses : colonie de vacances, caserne de soldats italiens et allemands durant la Seconde Guerre mondiale…

— On dit qu'il y a eu des morts, ici ! lança Latombe.

— Il y en a eu, c'est certain, mais de mort violente, on ne sait pas trop. Beaucoup d'histoires courent sur le monastère. On le sent encore habité, vous verrez... Reste que l'État a racheté le bâtiment en 1967 et l'a restauré. Les lieux ont pu être réinvestis entre 1969 et 1988 par des frères franciscains. Après leur départ, l'État a cherché un programme susceptible de préserver le monument tout en le faisant revivre dans un mode proche de sa destination originelle. Il a alors conçu le projet d'y héberger des écrivains à la place des religieux et en a confié la gestion au Centre des monuments nationaux.

— Mais où sont-ils, les écrivains ? questionna David Mikonos, faussement naïf.

— On se le demande parfois, oui, répondit Yann Moite, insondable.

— Les résidents habituels reviendront après votre départ, précisa Francesco. Parfois ils ne sont que deux ou trois. Ils étaient plus nombreux avant la nouvelle organisation. Depuis 2001 en effet, le monastère est destiné à recevoir des écrivains, mais aussi des traducteurs, des scénaristes et des compositeurs de musique. Maintenant la partie résidentielle du monument est ouverte aussi bien à des retraites d'écriture qu'à des séminaires, des colloques, des ateliers d'écriture ou de traduction... J'oubliais, depuis le 14 avril 1917 l'édifice est classé monument historique.

— Tout comme moi ! dit Jean de Moisson, suscitant un tonnerre de rires qui résonna du cloître au clocher.

— Les bâtiments s'organisent autour d'un cloître rectangulaire, enchaîna Francesco. L'église est placée sur le côté nord. Les autres bâtiments à deux niveaux sont disposés sur les trois autres côtés. Autour du cloître, vous pouvez admirer les quatre galeries à arçades cintrées. Sous chaque galerie, les lunettes des voûtes se sont ornées au XVIIIe siècle de fresques relatant la vie de saint François d'Assise. Des cadrans solaires ont été peints sur les murs aux XVIIIe et XIXe siècles.

— Quand est-ce qu'on mange ? demanda Kathy Podcol dans l'espoir d'être aussi drôle que Jean de Moisson, mais avec beaucoup moins de succès.

— Une collation va vous être proposée, déclara Francesco. J'accélère la visite, vous devez être fatigués du voyage. (Ouzbek opina du chef.) L'église est rectangulaire, à une seule nef, avec quatre chapelles latérales voûtées d'arêtes. La nef est décorée par des peintures de faux marbre et des gypseries.

— Joli mot ! s'extasia Mikonos.

Légo le fusilla du regard.

— Le chœur qui la prolonge est rectangulaire et plus étroit, continua le guide, imperturbable. Le maître-autel avec ses colonnes-torses est en bois ciré selon la tradition franciscaine. L'église est précédée d'un porche à trois travées surmonté d'une terrasse. Ce porche empêche la perception de la façade à deux niveaux avec la superposition des ordres. Une baie lyriforme a été ajoutée pendant la restauration de l'église au XVIIIe siècle. Elle est entourée d'un décor en gypserie, ça, je vous l'ai dit. Une effigie de la Vierge y a été peinte à fresque. À l'extérieur, le jardin conventuel comprend des bassins d'arrosage, des pergolas couvertes de vigne, des plantations d'arbres fruitiers et un potager. Suivez-moi, je vous prie.

Yann Moite traînait des pieds. Restée en arrière, Delphine Végane, elle, paraissait apprécier la visite, malgré son mal de dos persistant, toujours le museau en l'air, les mains dans ses cheveux en bataille, pour mieux lire les petits écriteaux :

« RENONCEMENT AUX BIENS PATERNELS – 1206 –
MON PÈRE,
C'EST POUR L'AMOUR DE JÉSUS QUE JE ME DÉVÊTS. »

« *Per amor di Gesu, padre, mi spoglio* »,

— C'est aussi écrit en italien, intervint Francesco en la voyant penchée sur le panneau, tandis qu'elle songeait que son père à elle était exagérément absent de ses livres. C'est l'épisode où saint François se dépouille de tous ses vêtements devant son père. Regardez celui-ci : « François envoie ses frères en mission. » Et encore celui-là : « Exorcisme d'Arezzo : François chasse les démons des possédés. »

— Vous m'intéressez, là, dit Amélie Latombe. Le grand homme désenvoûtait les gens ?

Un coup de tonnerre retentit au-dessus de leurs têtes.

— Ne plaisantez pas trop avec ça ici, répliqua Francesco. Allons voir les jardins avant qu'il pleuve.

Une fois tout le monde dehors, il reprit :

— L'aménagement du potager en terrasses a été conservé. Bassins, lavoirs, vergers, potagers et pergolas sont couverts de vigne. L'ensemble du jardin conventuel évoque l'organisation autarcique des frères franciscains. Pour conserver l'esprit monastique, l'ensemble du monastère a maintenu un mode de vie communautaire : logement dans les anciennes cellules des frères, cuisines, douches et salon collectifs, bibliothèque commune… C'est un lieu de rencontres, entre écrivains mais aussi entre écrivains et population locale, comme ce soir. Bien, merci pour votre attention. Étant donné que nous sommes dans un monument national, je n'ai pas le droit de recevoir de pourboires. Cela dit, j'ai un ou deux manuscrits en recherche d'éditeur, et…

Mais les grands écrivains lui avaient déjà tourné le dos, sauf Delphine Végane, qui lui préparait un petit mot de recommandation.

— Merci, c'est gentil, lui dit Francesco. Vous avez quartier libre jusqu'à dix-huit heures, dites-le à vos charmants camarades. Prenez garde où vous mettez les pieds. Cette vieille bâtisse est remplie de pièges. On peut se cogner, tomber… Il y a une pharmacie dans la cuisine en cas de bobo.

Mais plus personne ne l'écoutait. Pas même Végane, repartie dans ses rêveries.

Ce qu'il avait passé sous silence, le guide, tout comme l'argumentaire de la résidence, rédigé par un fonctionnaire zélé du ministère, c'était que la cohabitation entre auteurs n'allait pas sans poser quelques problèmes au monastère.

Francesco avait découvert que la jalousie entre écrivains était le pire fléau de ce microcosme condescendant, étriqué, auto-satisfait, imbu de lui-même, où tout le monde se connaissait et se cooptait sans se lire et en faisant semblant de s'apprécier. C'était la conjuration des hypocrites.

On le savait d'ailleurs depuis Hemingway et Faulkner, qui se détestaient cordialement tout en respectant le travail de l'autre en secret : tout écrivain digne de ce nom se pense meilleur que les autres. Et souhaite inconsciemment leur mort.

Or, un bon écrivain est un écrivain mort.

Donc, ces rivalités perdurent longtemps après leur disparition charnelle. Il n'y a qu'à voir l'état de la bibliothèque du monastère. Comme dans le film *La Nuit au musée*, on a l'impression que les auteurs y reviennent à la vie dès la tombée de la nuit pour s'étriper.

Francesco avait passé beaucoup de temps à ranger les livres en arrivant. Des centaines de volumes qui s'empilaient, s'entassaient, se déchiraient, volaient, tombaient, disparaissaient, comme les chaussettes dans la machine à laver. C'était toujours à celui qui passerait devant l'autre pour être lu, choisi. Pour être aimé.

Mais il y avait peu d'élus. Très peu atteignaient la postérité. Qui se souvenait de Paul Bourget ? De Jean Dutourd ? Combien d'auteurs finissaient tout en bas, ou au sommet d'une étagère, couverts de poussière ? C'était la lutte pour la survie, que ce soit dans un monastère ou à Saint-Germain-des-Prés, la brouille comme sport traditionnel du milieu littéraire. À la limite du pugilat, parfois. Même si le temps était loin où l'on réglait ça en duel, sur le pré.

Aussi, pour éviter tout conflit entre les grands écrivains à best-sellers et les habituels auteurs à « succès d'estime », comme on dit poliment – à savoir ceux qui ne vivent pas de leur plume –, on avait pris soin d'évacuer les neuf autres cellules, occupées par des auteurs anonymes aux ventes plus que modestes.

Selon la petite expérience de Francesco, les conflits entre obscurs poètes et autres auteurs de théâtre confidentiel éclataient généralement dans la cuisine. Mais aussi dans le potager, pourtant si paisible.

Récemment, il avait vu avec effarement un jeune ex-publicitaire cocaïné en venir aux mains avec un compositeur plus âgé. Il y avait eu des cris, une chemise arrachée, peut-être même un ongle cassé. Francesco avait songé à intervenir, mais avait vite renoncé, ça ressemblait davantage à un combat de chiffonniers qu'autre chose.

Un autre jour, un scénariste avait tenté d'étrangler une traductrice d'allemand parce qu'elle parlait trop fort dans les couloirs.

Dans la bibliothèque, un célèbre cancérologue avait failli électrocuter une poétesse qu'il accusait de lui avoir volé sa connexion Internet.

Dans le réfectoire, une séance de lecture publique avait duré six heures parce qu'aucun des deux auteurs ne voulait finir avant l'autre. À la fin il ne restait plus qu'un spectateur, endormi, face à eux.

Au salon, une photographe avait tapé un scandale parce que l'éclairage était insuffisant.

Au jardin, un acteur ivre mort avait manqué de se noyer dans la citerne en voulant prendre un bain de minuit.

Aux toilettes, un beatnik américain avait tenté de faire manger sa « livraison » à un rockeur mâconnais qui n'avait pas bien nettoyé après son passage.

Ailleurs, une Russe moscovite n'avait pas supporté les ronflements d'une Italienne romaine.

Une psy s'était dite harcelée par un romancier en marcel crasseux et caleçon façon Gros Dégueulasse. Lui ne supportait pas qu'elle laisse son bol sale dans l'évier de la cuisine.

Et ainsi de suite…

Il n'était pas rare que des résidents, surtout des femmes, quittent les lieux dès le lendemain de leur arrivée au monastère. Certaines avaient peur la nuit – des fantômes ? –, ou se sentaient oppressées le jour, par le Géant endormi. D'après Francesco, c'était plutôt la feuille blanche qui les angoissait.

Sans oublier les apéros qui dérapaient. Les retours au monastère sont parfois laborieux. La montée qui y mène paraît d'autant plus pentue si l'on possède une bonne descente.

Pour traverser le village haut perché et remonter vers les cieux, un vrai parcours du combattant attend les plumitifs au souffle court.

Première étape, le salon de thé-librairie-fourre-tout d'Élodie la bigote. Elle joue (mal) de l'orgue, à l'église mitoyenne de sa boutique, près de la mairie, tire les cloches à l'occasion des deuils et se vante à qui veut l'entendre de sa qualité de présidente de l'association des Pénitents blancs, une confrérie de prière et d'entraide. Bien que ne disposant pas de la licence IV, elle vend de la bière allemande, produite par son beau-frère brasseur en Alsace. Les murs de son établissement valent le déplacement puisqu'ils sont recouverts de dessins rupestres, comme dans la grotte de Lascaux. C'est le pré carré des anciens du village. On y boit essentiellement de la bière, donc, et du rosé l'été.

Deuxième étape, le Heinz-Café, plus rock, tenu par Marc, bluesman suisse de son état, parlant l'anglais et l'allemand. C'est le rendez-vous des « Indiens ». On y boit de tout, du moment qu'on paie.

Troisième étape sur le chemin du retour au monastère, le Lou Pountin, la pizzeria de Bruno le Ligure, ancien journaliste au *Corriere Della Sera*, où l'on peut ingurgiter d'étranges breuvages venus de l'est de l'Europe, et pas seulement d'Italie.

Impossible enfin d'éviter La Petite Épicerie, à l'ambiance plus *world music*, tenue par Jérôme et Julia, où l'on parle wolof et où l'on sert de la Goudale belge et même de la Dodo réunionnaise. C'est le rendez-vous intercommunautaire. On peut aussi y sentir planer de drôles d'odeurs sans savoir d'où ça vient. Certains jours, la fumée qui fait rire envahit tellement les ruelles étroites qu'il suffit d'humer l'air pour se sentir léger, léger. Ou défoncé, aurait dit Belvédère.

Bref, Francesco connaissait bien les problèmes des auteurs car lui aussi écrivait ; des nouvelles, un roman, un scénario. « Vous êtes connu ? » lui avait demandé une touriste qui l'avait vu taper comme un dératé sur le clavier de son ordinateur à la réception. « Non, mais on me lit à Hollywood ! » lui avait-il répondu.

Et le pire, c'est que c'était vrai ! Il était en contact avec une maison de production qui ne cessait de lui faire réécrire ses synopsis.

« Comment vous vous appelez ? D'où êtes-vous ? Vous êtes connu ? » Toujours les mêmes questions. Ça l'énervait.

« Et vous, vous êtes connue ? avait-il rétorqué une fois, d'une humeur de chien après un énième refus d'éditeur. Quel est votre nom ? Montrez-moi vos papiers. Moi non plus je ne vous connais pas. Montrez-moi vos papiers ! »

Est-ce que ce visiteur avait déjà seulement entendu parler de Jim Harrison, Bukowski, Fante ?

Des fois il répondait qu'il s'appelait Dino Buzzati, Pasolini, Istrati, Cossery, Kerouaki, au gré de ses humeurs d'Italien forcément versatile.

Oui, les questions intrusives des visiteurs rendaient Francesco ronchon, elles le renvoyaient à sa « non-réussite ». Toute relative… En attendant d'être un écrivain reconnu, il fallait bien gagner sa croûte. Ce job de guide lui allait parfaitement. Il rencontrait du monde, parfois du beau monde, et il pouvait enfin se lever de sa chaise.

Voilà la seule chose qui lui déplaisait dans l'écriture : il fallait s'asseoir et ne plus bouger. Des heures, des jours, des semaines, des mois, des années passées sur son cul. Il avait bien essayé d'écrire debout, comme Hemingway et Hugo paraît-il, mais c'était compliqué avec un ordinateur. Il aurait fallu savoir bricoler, ou avoir une cheminée.

Au monastère, il travaillait sur la petite table de la réception. Il s'en servait pour écrire pendant la pause du déjeuner, une heure avant l'arrivée des premiers visiteurs, et une heure après. Ce qui lui offrait trois heures d'écriture par jour, plus une heure ou deux le soir, avant de s'endormir. S'il n'avait pas bu trop de bière.

Le reste du temps, il utilisait la tablette pour entreposer des prospectus et des exemplaires de son premier livre publié, *Di Lama e d'Ocarina*, un recueil de nouvelles sur le tango.

Le monastère, Francesco le connaissait depuis tout gosse, dans les moindres recoins, pour s'y être amusé tous les étés avec ses cousins français.

Si le Piémont était sa région – il en était fier –, son village d'enfance, c'était Saorge. Son père y avait tenu un cinéma de plein air itinérant, dont les projections avaient lieu sur le patio à l'entrée de la bâtisse.

Ici, c'était un paradis pour jouer à « trappe-trappe », comme disaient ses amis français pour parler de leurs parties de cache-cache. Ce qui tombait bien, parce que des trappes, ce n'était pas ce qui manquait dans cet immense bâtiment gris.

Quelle drôle d'idée d'avoir racheté un monument pareil ! avait pensé Francesco en apprenant la nouvelle. Les milliardaires ont de ces caprices…

Parce que ce monastère était hanté. Tout le monde le savait au village.

Et hanté par quoi ? Par des fantômes, pardi ! Autant appeler une chauve-souris une chauve-souris.

C'était encore plus flippant en hiver. Et par mauvais temps.

Ici, en pleine montagne, loin de tout (la première pharmacie était à dix kilomètres, le premier médecin à vingt), on ne pouvait jamais prévoir. Jamais !

Malgré tout, il avait postulé. Et il avait été pris.

Francesco trouvait l'atmosphère étrange depuis sa prise de fonction. *Il signiore Cognito* avait, paraît-il, embauché une célèbre medium pour libérer les « âmes errantes ». Ceci expliquait peut-être cela ? Il jeta un œil à la Bendola sauvage en contrebas.

Puis leva les yeux vers le monastère.

Cette électricité dans l'air…

Il allait y avoir de l'orage, il le sentait.

11

Christine Légo se paie Jean de Moisson

À 18 h 30 précises, le plateau était réuni à l'intérieur, en raison du mauvais temps. Augustin Traquenard était arrivé par le train suivant en fin d'après-midi. Encadré par les dix écrivains, il ouvrit d'emblée les hostilités. Au sens propre, et à la stupeur générale d'un public bientôt médusé. Le rôle du journaliste était censé être celui de modérateur. Il consistait à présenter les auteurs et à leur poser des questions. À assurer le lien entre eux. Comme un passeur de plats. Cela exigeait un minimum d'empathie envers les invités, de l'humilité et le sens de la répartie. Un travail plutôt bien payé pour ce qu'il y avait à faire. Il fallait juste ne pas être timide, et avoir bien préparé ses fiches.

Quelle mouche piqua Augustin ce soir-là ? Alors que la table ronde démarrait et que Christine Légo évoquait son « laboratoire d'écriture exigeante », le modérateur peu modéré lui demanda d'emblée si « exigeante » signifiait « chiante ».

Il y eut un blanc. Durant lequel un ange noir passa. Christine Légo fusilla Traquenard du regard. Mais elle tint bon, serra le micro plus près de sa bouche et enchaîna sur un texte qu'elle avait écrit spécialement pour Jean de Moisson, membre de l'Académie française et invité d'honneur de la soirée, ce qui la rendait, elle, folle de jalousie.

— Tout est, au fond, une question d'accent. De façon de prononcer. Il faut prononcer sans s'énerver. Calmement, en ayant l'air légèrement indifférent à ce qu'on dit. Est-ce que Jean de Moisson s'énerve ? Qui a déjà vu Jean de Moisson s'énerver ?

Quelques rires mal contenus fusèrent du public. Une vieille dame toute douce se fendit d'un « Oh ! » outré et se tortilla sur sa chaise. Elle adulait Jean de Moisson depuis sa prime jeunesse et ne tolérait pas qu'on l'attaque ainsi. Quelle était cette femme – enfin, si l'on pouvait qualifier ainsi cette... cette créature – qui osait ainsi manquer de respect à l'académicien, lui toujours si délicieusement courtois ?

— Il faut manier l'accent comme un outil de mise à distance, poursuivit Christine Légo, ignorant superbement les réactions qu'elle avait suscitées, mais en en étant intérieurement ravie. Il faut, depuis toujours, depuis votre naissance, vous tenir légèrement distant du monde et le traduire dans votre accent. Personne, alors, ne vous tiendra rigueur de cette distance. Elle apparaîtra même comme votre signature, votre marque de fabrique. Elle sera votre sésame pour la Coupole.

Un homme, dans l'assistance, murmura à son voisin :

— Elle a des couilles de s'en prendre à une institution comme de Moisson.

La vieille fan entendit cela et demanda :

— Ah, bon, c'est vraiment un homme alors ?

— Faites bien claquer les liaisons dans votre palais, reprit Légo qui s'écoutait de plus en plus parler. Restez cool, sympa, souriant, ayez les yeux bleus, un perpétuel sourire aux lèvres, surtout traînez sur chaque syllabe. Comme ça : « C'est assez simple. » Vous voyez ? Et laissez vos phrases en suspens, comme si vous alliez continuer à parler, mais sans y ajouter un mot. Par exemple, dites : « C'est assez simple, cette vie fut belle… »

— C'est assez simple, vous êtes jalouse de ne pas être l'invitée d'honneur ! dit Jean de Moisson à Christine Légo.

— Voilà, c'est ça, c'est exactement ça ! s'exclama-t-elle en prenant le public à témoin. Vous avez entendu ? Vous avez entendu cet accent ? Cette façon de peser une tonne sur chaque syllabe ? Vous avez vu ces yeux bleus pétillants et cet air super cool ? Il le fait bien, hein ?

Ce fut l'hilarité générale dans l'assemblée, et un tonnerre d'applaudissements résonna en écho à celui du dehors. Les yeux d'ordinaire si rieurs de

Jean de Moisson lancèrent des éclairs, comme le ciel gris-noir au-dessus du mont Bégo.

Augustin Traquenard, très énervé, reprit la parole pour demander :

— Vous n'en avez pas marre de dire des conneries ?

Puis, s'adressant au public :

— Et vous de lire n'importe quoi ?

Un spectateur réagit aussitôt et lui rappela son devoir de réserve. Encouragée, Christine Légo monta sur ses grands chevaux.

— Mais qui êtes-vous pour oser me parler comme ça ?

— Un intello précaire ! Si ça peut vous faire plaisir. Un vrai lecteur, banane ! Un connaisseur, un passionné de littérature qui vous dit à vous ce soir : « Lis tes ratures ! » Vous allez finir par dégoûter les gens de la lecture avec vos stupidités ! Une névrosée autocentrée, c'est tout ce que vous êtes. Dire que ça fait la une des suppléments livres avec ces galimatias ! Vous devriez consulter un psy au lieu de nous emmerder avec vos daubes ! On s'en tape de votre père, de votre mère, à un point…

Une partie du public se mit à huer.

Prenant de nouveau les auditeurs à témoin, Traquenard enchaîna :

— Vous ! C'est vous qui achetez ces livres insipides, bande de moutons que vous êtes.

Puis, à l'adresse de Légo :

— Vous ! Vous êtes l'illustration parfaite du microcosme éditorial penché sur un nombril de plus en plus riquiqui. Au point qu'il finira par disparaître un jour comme peau de chagrin. Du souffle, vous manquez de souffle, allons ! Du style ! De l'imagination ! De l'air ! Espèce de crétine phtisique néo-proustienne. Cessez de nous asphyxier !

Un nouveau coup de tonnerre fit vibrer les murs.

La scène se déroulait sous les yeux indifférents, ou stupéfaits, des autres écrivains.

Amélie Latombe, coupe de champagne en main, était ravie qu'il se passe déjà « quelque chose ». Frédéric Belvédère, lui, buvait du petit-lait, tourné vers Ouzbek avec qui il tentait d'engager la conversation. Mais ce dernier, impassible, clope vissée au bec – il avait exigé de pouvoir fumer –, déjà bien entamé au *spumante*, piquait du nez.

Jean de Moisson, qui n'entendait plus rien dans ce brouhaha, se faisait répéter ce qui se disait par un David Mikonos aux petits soins.

À l'autre bout de la table, Kathy Podcol et Tatiana de Roseray papotaient entre elles, en attendant que ça se passe.

Delphine Végane rêvassait, la truffe en l'air. Quant à Yann Moite, il gardait les yeux braqués sur le modérateur, avec ce regard de pitbull qu'on lui connaissait à la télé.

Le public aussi grondait.

Tout d'un coup, Augustin Traquenard se leva pour annoncer qu'il sortait prendre l'air, laissant en plan les grands écrivains, obligés de s'animer tout seuls dans le réfectoire. Mais aucun n'eut le cœur à assurer la relève, et la rencontre littéraire tourna court.

Le public repartit sans dédicaces, et les écrivains allèrent dîner sans les avoir remerciés d'être venus.

12

Petit dîner entre ennemis

Le repas touchait à sa fin. La chère avait été excellente, les vins finalement corrects. Francesco s'était admirablement acquitté de son service.

Patricia Barrée avait été aux fourneaux du début à la fin. C'était une cuisinière hors pair, et une personne un peu particulière.

La première fois qu'elle avait entendu des voix – « Lève-toi, prends un papier et écris » –, elle était allée consulter un psychiatre. Mais non, il s'était avéré qu'elle n'était pas folle, seulement médium : elle servait de canal entre l'au-delà et l'ici-bas.

Comme les chamans, elle n'avait pas choisi. Avait en quelque sorte été désignée. Depuis, elle aidait les âmes errantes à s'élever et apprenait aux vivants à ne pas les retenir en les pleurant trop. Elle pratiquait aussi l'exorcisme. Tout cela en parallèle avec son métier de cuisinière, et gratuitement, parce que « l'argent tue le don », affirmait-elle. Réalité et spiritualité n'étaient pas incompatibles à ses yeux.

Or donc, tous les convives étaient de bonne humeur, et les langues commençaient à se délier. Jean de Moisson, attendri par le délicieux *spumante,* devenait spirituel et pétillait d'ironie ; Frédéric Belvédère et David Mikonos l'écoutaient avec plaisir ; Christine Légo bavardait avec Delphine Végane – ou la draguait, plutôt ? – car elles s'étaient découvert des amis communs ; Amélie Latombe posait à Yann Moite des questions très pertinentes sur la Corée du Nord, elle qui connaissait bien celle du Sud ; Kathy Podcol et Tatiana de Roseray, inséparables, suivaient la conversation attentivement ; Michel Ouzbek levait les yeux de son assiette de loin en loin, et ses paupières se rétrécissaient. Il promenait un œil torve autour de la table et étudiait les autres convives.

Soudain, David Mikonos s'exclama :

— C'est drôle, ces petites amulettes, hein ?

Au centre de la grande table de cuisine, sur un plateau de verre, reposaient des petites figurines en terre cuite.

— Des moines, suggéra Mikonos. Des franciscains, je suppose.

Latombe se pencha en avant.

— Non, on dirait plutôt des écrivains, ils ont une plume dans la main…

— Tant que ce n'est pas dans le cul ! lança Belvédère.

— Vous êtes sûr que ce n'est pas un poil, plutôt ? demanda Yann Moite, content de sa trouvaille.

Mais il n'y eut ni applaudissements du public, ni félicitations de Laurent Roquet. Aussi se referma-t-il comme une palourde.

— D'anciens résidents, sans doute, suggéra Christine Légo.

— C'est amusant. Combien sont-ils ? Dix ? demanda Kathy Podcol.

— Oui. Il y en a dix, confirma Latombe. Ce sont les dix écrivains de la comptine retrouvée dans ma cellule. Elle est encadrée et suspendue au-dessus de mon lit.

— Dans ma chambre également, déclara de Moisson.

— Dans la mienne aussi !

— Et aussi dans la mienne !

Tout le monde fit chorus.

— L'idée n'est pas banale, dit Légo.

— Elle est osée, dit Latombe.

Michel Ouzbek grogna entre ses dents :

— Dites plutôt que c'est puéril.

Puis il se versa un autre verre de *spumante*.

Tatiana de Roseray lança un regard inquiet vers Kathy Podcol. Celle-ci y répondit par une inclination de la tête et toutes deux se levèrent pour gagner le salon.

Situé au premier étage, donnant sur une terrasse, c'était en réalité une salle de télévision, dans laquelle trônait un piano désaccordé, flanqué d'un long divan blanc et de trois fauteuils en osier disposés autour d'une table basse. Rien de très luxueux en vérité. Confortable tout au plus. Elles constatèrent que la cheminée était condamnée mais l'air sentait bon le feu de bois éteint.

Il avait cessé de pleuvoir mais on entendait claquer l'orage au loin, du côté italien. Il faisait chaud. Des éclairs zébraient le ciel carbone.

Depuis les portes-fenêtres entrouvertes leur parvenaient le souffle du vent et le grondement de la rivière en contrebas. Des chiens aboyaient dans la montagne.

— J'aime entendre l'orage quand je suis abritée, déclara Tatiana.

— Moi, je l'ai en horreur, répondit Kathy d'un ton sec.

Tatiana la considéra, toute surprise. Kathy se mit à rougir et ajouta, en dominant son émotion :

— Ça doit être très effrayant quand ça tonne juste au-dessus du monastère, ça résonne tellement là-dedans.

Tatiana en convint.

— Le couvent est sûrement fermé pendant l'hiver, dit-elle. Ça m'étonnerait que le personnel accepte d'y rester.

Kathy murmura :

— Qu'importe la saison, il doit être difficile de trouver du personnel qui consente à vivre dans un endroit pareil. C'est d'un lugubre, la nuit. Vous entendez ce bruit ? demanda-t-elle dans un frisson.

Tout en l'enlaçant chaleureusement pour la réconforter, Tatiana fit cette réflexion :

— Notre hôte peut s'estimer heureux d'avoir recruté ces deux-là. Francesco et Patricia. Vous croyez qu'ils sont ensemble ?

— Aucune idée…

— La femme est un excellent cordon-bleu et Francesco est très drôle. J'ai bien aimé quand il a imité Quasimodo allant sonner les cloches.

C'est inouï ce que j'ai envie de l'embrasser ! pensa Tatiana.

Kathy et Tatiana, ça ferait un beau duo. Un peu comme *Liz et Beth,* la BD érotique de Georges Lévis, qu'elle lisait sous les couvertures, en cachette de son mari qui ne la comblait pas. Puis elle prononça tout haut, bien distinctement :

— Cette Patricia Barrée a vraiment de la chance de travailler ici.

— Qui vous dit qu'elle travaille ici ? C'est sans doute une extra.

Kathy avait apporté dans son sac à main une petite boîte de couture qu'elle ouvrit délicatement. Au moment de rouler son joint, elle s'arrêta net et se tourna vers sa compagne :

— Il paraît qu'elle est très connue comme médium.

— Ah bon. « Patricia Barrée », vous avez dit ?

— Oui.

— Jamais entendu ce nom-là.

Tatiana ouvrit de grands yeux.

— Ça n'a aucune importance. Je peux vous appeler Katia ?

— Pourquoi pas. Ma grand-mère russe m'appelait ainsi.

— J'espère que je ne vous rappelle pas votre grand-mère ?

— Oh ! Non, ce n'est pas ce que je voulais dire, répondit Kathy en rougissant.

— Vous croyez à la vie après la mort ?

— Je crois à la spiritualité et…

Kathy Podcol n'acheva point sa phrase. La porte venait de s'ouvrir et les hommes entraient dans le salon. Francesco les suivait, portant le café et des liqueurs sur un plateau.

Belvédère alla s'asseoir auprès de Tatiana de Roseray, pour tirer une taffe du pétard. Mikonos se posa à côté de Kathy Podcol.

Yann Moite se dirigea vers la porte-fenêtre, toujours ouverte. Ouzbek alla droit à la table et examina avec un étonnement naïf une des statuettes, se demandant si ces formes angulaires représentaient bien le corps d'un homme.

Jean de Moisson, le dos tourné à la cheminée, se frottait les yeux comme un enfant fatigué. Le dîner avait été succulent et il se félicitait d'avoir répondu à l'invitation, mais il commençait à avoir sommeil.

Christine Légo fit son entrée, accompagnée de Delphine Végane. Puis vint le tour d'Amélie Latombe dont le chapeau passait à peine sous la porte. Elle feuilleta les pages du *Monde* posé avec d'autres journaux sur la table basse près du piano.

Le guide servit à la ronde un café noir, fort et brûlant.

Tous les invités, après ce copieux et fin repas, étaient heureux de la vie et d'eux-mêmes. Les aiguilles de la pendule marquaient vingt-trois heures trente. Dans le salon régnait un léger brouhaha feutré.

Au milieu de cette rumeur, s'éleva soudain une voix forte. Inattendue, surnaturelle et exagérément masculine.

« *Mesdames et messieurs, silence, s'il vous plaît !* »

Tous sursautèrent.

Chacun regarda autour de soi, observa ses voisins et scruta les murs. Qui donc parlait ? La Voix poursuivit, haute et claire :

« *Je vous accuse des crimes suivants...*

« *Vous, tous ensemble comme un seul, et même ceux d'entre vous qui possédaient un certain talent au début, je vous accuse d'avoir surtout bénéficié d'une chance insolente et de réseaux d'aide incroyables pour vous hisser au firmament du monde littéraire pour finalement n'y briller que par votre vacuité, votre arrogance et votre prétention.* »

— On dirait Guillaume Charal ! s'exclama Belvédère.

— Qui ça ? demanda Yann Moite.

— Guillaume Charal, un illustre inconnu à qui j'ai eu la faiblesse d'accorder un peu de mon attention, à ses débuts, et qui m'a chié dans les bottes au moment de mon manifeste sur les putes. Il m'a écrit une lettre ouverte dans *Libé* et Rue 89.

C'est un auteur pauvre et méconnu qui envie les auteurs comme nous : riches et célèbres.

— Je ne le connais pas mais j'ai bien aimé sa réaction à votre égard, dit Christine Légo. Si j'avais été un homme, je vous aurais cassé la gueule au moment du manifeste.

— Chère Christine, j'ignore si vous n'êtes pas un homme, mais je n'ai aucune preuve que vous soyez une femme.

Yann Moite, renfrogné, se fustigea en son for intérieur de ne pas avoir décoché ce trait d'esprit le premier.

Imperturbable, la Voix couvrit ces chamailleries.

« *Je vous accuse d'être devenus, au fil du temps et du succès, des caricatures de vous-mêmes, des usurpateurs, des imposteurs, des poseurs, des faiseurs...* »

— Oh, que des rimes en « eur » ! se réjouit David Mikonos qui notait à la volée. C'est génial, ça va avec « cœur ». Je me resservirai de tout ça dans mon prochain livre, ce discours est vraiment super.

« *... des écriveurs. Vous n'êtes plus que des écriveurs au lieu d'être des écrivains*, déclara la Voix. *Je vous accuse, tous ensemble comme un seul, et pour emprunter au grand Lubitsch, de faire à la littérature ce que Hitler a fait à la Pologne.* »

— Non, ce n'est pas Charal, il n'est pas aussi drôle, dit Belvédère.

« Je vous accuse, tous ensemble comme un seul, mais aussi un à un.

« Frédéric Belvédère, vous vous prenez pour le fils spirituel de Salinger et de Sagan, alors que vous n'êtes qu'un fils de pub trop timoré pour oser frapper à la porte de Salinger et tout juste bon à rédiger les slogans d'un Jacques Cegala à Rolex. Je vous accuse de lâcheté.

« Amélie Latombe, en dehors de porter des chapeaux ridicules et de vous donner un genre d'adolescente attardée – à l'âge que vous avez, c'est pathétique –, vous confondez taylorisme et écriture. Vous produisez vos quatre-vingts pages annuelles et poussives, pour assurer le chiffre d'affaires et la rentabilité de vos marchands de livres. Je vous accuse de cupidité.

« David Mikonos, pour écrire vos... pages – je ne peux décemment pas appeler ça des romans –, vous pillez régulièrement les rédactions de collégiens de vos petits neveux et nièces ainsi que de leurs camarades de classe, sans leur reverser le moindre centime de droits d'auteur. Je vous accuse d'indélicatesse.

« Christine Légo, vous parlez trop, écrivez mal, et faites se retourner Marguerite Duras dans sa

tombe. Vous êtes trop pleine à la fois de vous-même et de haine. Je vous accuse de nombrilisme.

« *Michel Ouzbek, vous sombrez dans la facilité en jouant la provocation sur des sujets racoleurs et poujadistes. Et, par pitié, habillez-vous, coiffez-vous, prenez un peu soin de vous. Je vous accuse de paresse.*

« *Yann Moite, vous avez de sang-froid abandonné une carrière d'écrivain qui se promettait à vous pour une illusoire et éphémère célébrité télévisuelle, avec pour Graal la bienveillance éternelle de Laurent Roquet. Je vous accuse de manque d'ambition.*

« *Jean de Moisson, vous avez dirigé le Gorafi, vous vous regardez écrire et vous vous écoutez parler. Il faut que cela cesse, de grâce, pour nos yeux et nos oreilles. Je vous accuse de brassage d'air.*

« *Delphine Végane... votre mère, votre mère, toujours votre mère ! Elles ont bon dos, les mères. Je vous accuse d'ingratitude.*

« *Tatiana de Roseray, il fallait changer d'éditeur. Je vous accuse de médiocrité.*

« *Kathy Podcol, par pitié, arrêtez d'écrire. Je vous accuse de tout.*

« *Accusés, avez-vous quelque chose à dire pour votre défense, vous qui méritez de périr sur le bûcher des vanités ?* »

La Voix se tut.

Un blanc, puis on entendit résonner une étrange comptine.

« *Dix grands écrivains s'en furent prendre leur repas,*
« *L'un d'eux mangea à s'en étouffer,*
« *N'en resta plus que neuf.*

« *Neuf grands écrivains veillèrent après le dîner.*
« *L'un d'eux se promena dans l'ossuaire, et un scorpion le piqua,*
« *N'en resta plus que huit.*

« *Huit grands écrivains s'ennuyaient,*
« *L'un d'eux voulut s'endormir, une araignée le mordit,*
« *N'en resta plus que sept.*

« *Sept grands écrivains s'étaient chamaillés,*
« *L'un d'eux sortit courir l'aventure et se perdit,*
« *N'en resta plus que six.*

« *Six grands écrivains tentèrent de trouver le sommeil,*
« *L'un d'eux suivit une musique au-dehors et ne revint pas,*
« *N'en resta plus que cinq.*

« *Cinq grands écrivains dormaient enfin,*
« *L'un d'eux sous une montagne de livres,*
« *N'en resta plus que quatre.*

« Quatre grands écrivains, au matin, se réveillèrent,
« L'un d'eux, dans le jardin, se fit mordre par une vipère,
« N'en resta plus que trois.

« Trois grands écrivains jouèrent à cache-cache,
« L'un d'eux trouva une si bonne cachette
« Qu'il n'en resta plus que deux.

« Deux grands écrivains s'assirent au soleil,
« L'un d'eux y grilla,
« N'en resta plus qu'un.

« Un grand écrivain se trouva tout seul,
« Et ne se supportant pas se pendit,
« N'en resta plus... du tout. »

Des rires nerveux suivirent un moment de stupeur. Puis le fracas de bris de verre résonna dans le salon. Francesco venait de laisser tomber la bouteille de limoncello.

Au même instant, depuis l'extérieur de la grande salle, les bribes d'une conversation leur parvinrent. Les voix filtraient, à la fois de la cheminée, des escaliers et du jardin.

Ça ne pouvait être que Patricia Barrée qui s'entretenait avec un mystérieux visiteur, car tout ce que le monastère contenait d'âmes était présent dans le salon, y compris Francesco. La médium était restée en bas dans la cuisine pour débarrasser.

— Avec qui parle-t-elle ? interrogea Kathy Podcol. On aurait dit...

— Si c'est une blague, elle est très mauvaise ! s'emporta Christine Légo.

— C'est la voix du « Loft Story » des écrivains, lança Belvédère pour détendre l'atmosphère.

— Ou d'un jeu d'évasion ! s'excita David Mikonos. Vous savez, ces jeux de rôle où l'on doit résoudre une énigme pour passer au niveau supérieur, et...

— Ta gueule, David ! tempêta Yann Moite. Tu parles d'un canular... Si c'est une caméra cachée, c'est raté !

Seuls Jean de Moisson et Michel Ouzbek ne disaient rien.

Le premier n'avait pas tout suivi. En dépit de son air d'éternel jouvenceau, il était dur de la feuille et épuisé par le voyage. Il dévorait donc paisiblement sa troisième part de gâteau.

Le second paraissait si las de vivre qu'il semblait plus vieux que son aîné. Tous deux étaient indifférents à ce qui venait de se passer. Non loin d'eux, dans un fauteuil à oreillettes, Christine Légo était restée toute droite, guettant le moindre geste de Delphine Végane, les yeux luisant de convoitise. Elle se la ferait ce soir, quoi qu'il arrive. Elle attendait avec impatience le signal du coucher.

Francesco avait entrepris de ramasser les morceaux de verre, quand Amélie Latombe, déjà bien grisée par l'alcool, entreprit d'agir.

— Je descends voir ce qui se passe à la cuisine.

13

Le neveu d'Oscar Wilde

— Qui était-ce ? demanda tout de go Latombe à Patricia en déboulant dans la cuisine.

— Si je vous dis que c'était la voix d'Arthur Cravan, vous me croirez ?

— Le poète ? Le neveu d'Oscar Wilde ? Vous voulez dire son fantôme ?

— Son âme errante, pour être plus précise.

— Ce Cravan, c'était un boxeur, n'est-ce pas ?

— Oui, il... attendez ! Il me souffle quelque chose : « Le poète aux cheveux les plus courts du monde. » C'est ainsi qu'il se présentait.

— Je connais mal ce Cravan. Il se serait suicidé en sautant d'un bateau dans le golfe du Mexique, n'est-ce pas ? Mais j'adore Oscar Wilde. Je viens de publier un livre qui lui rend hommage. Pouvez-vous lui parler ?

— Oui, je le peux... Enfin, s'il le veut, lui. Et si Cravan nous perm...

— Vous me le passeriez ?

— C'est-à-dire… que ce n'est pas comme s'il était au téléphone, répondit la médium.

— Bien entendu, mais essayons. Je suis prête !

— Arthur, s'il vous plaît, j'aimerais parler à votre oncle.

Patricia resta un moment silencieuse, le nez en l'air.

— Alors ? s'impatienta Amélie.

— Attendez une minute ! Ce n'est pas comme si j'appelais en PCV. Chuttttt, je l'entends qui vient. Il me dit qu'il voudrait que je l'aide à passer dans un au-delà qui correspondrait à une vibration plus haute.

— Oscar Wilde vous parle ?

— Oui, c'est bien ce que vous vouliez, non ?

— C'est extraordinaire ! Ils ne vont jamais me croire, là-haut. Mais quel rapport avec nous ? Et…

— Doucement… Ne le brusquez pas. Il me dit que depuis sa mort en 1900, à Paris, il stagne.

— Sa fin fut tellement horrible. Lui si brillant, mort dans la misère et la fange…

— Il vous demande de vous taire. Ce sont de très mauvais souvenirs. Il a des choses de la plus haute importance à nous dire.

— Pardon, je suis tellement heureuse de lui p…

— Mais vous allez la fermer ? Monsieur Oscar Fingal O'Flahertie Wills Wilde dit qu'il aurait aimé revoir son Irlande natale.

— Il est né à Dublin !

— Nous le savons, Amélie. Il a été profondément marqué par les deux ans de travaux forcés purgés après sa condamnation pour homosexualité, puis par son exil d'Angleterre.

— Il vous parle en anglais ?

— Oui, et je peux vous dire qu'il est aussi misogyne et cynique que de son vivant. Maintenant, il se moque de notre manque de culture.

— Moi compris ? s'étonna Amélie Latombe.

— Comme toutes les femmes en général, dit-il. Elles se vautrent dans la lecture de mièvreries sirupeuses alors qu'elles ont accès aux plus grands.

— Lui, par exemple ?

— Shakespeare, Edgar Poe, Aristote, Platon, dixit.

— Le monde a changé, rappelez-le-lui.

— En mal, répond monsieur Wilde. À défaut, il faut ouvrir André Gide, dit-il. Lisez du Gide !

Un coup de tonnerre retentit. Ou alors quelque chose de très lourd venait de tomber à l'étage juste au-dessus. La vaisselle en avait tremblé.

— Répétez-lui que l'époque a changé, s'obstina Amélie sans se démonter. Les stylistes se font rares.

— Il vous entend, vous savez. Et il regrette votre fatalisme.

— Je suis réaliste, pas fataliste.

— Il dit que vous êtes comme les autres, que vous faites dans l'*entertainment*, dans le divertissement…

— Mais il faut bien que les gens s'amusent. Ils ont tellement de soucis.

— … que vous collaborez au nivellement par le bas et à l'abrutissement des masses…

— Il est bien sérieux, tout à coup.

— Il dit que la littérature est une chose sérieuse, c'est un acte de résistance.

— Houlà ! Je comprends qu'il veuille changer de niveau, comme vous dites, ma chère Patricia. Il doit s'ennuyer, là-haut. Mais au fait, que fait-il de son éternité ?

— Il aime s'asseoir dans son fauteuil et fumer un cigare en sirotant une tasse de thé.

— Mais où ça ? Et comment est-ce possible ?

— Dans son appartement londonien. Il a recréé le cadre où il a connu ses plus belles années. Pourtant, il n'est pas tout à fait serein.

— Sais-t-il qu'il est toujours lu et joué au théâtre ? Que son œuvre connaît vraiment un grand succès ?

— Il dit : « Que voulez-vous que ça me fasse, je ne touche plus de droits d'auteur. »

— Il est davantage connu pour ses aphorismes que pour son œuvre, cela dit.

— Il vous remercie de le lui rappeler.

— Est-il heureux, là où il est ?

— Il n'y a plus de moustiques, dit-il, mais l'odeur de pourri ne le quitte pas. Il n'arrive pas à chasser l'odeur de son corps mort. Ses mains sentent les pieds et ses pieds les poubelles. C'est le signe d'une stagnation de sa conscience. Il lui faut s'élever.

— Qu'est-ce que cela signifie ?

— Qu'il est temps pour lui de passer à un autre stade de l'existence. Son esprit désincarné doit poursuivre son évolution. Son âme est restée bloquée à Paris où, constate-t-il, la littérature se meurt aujourd'hui. Il veut retourner en Irlande, le pays des poètes. Mais avant cela, il doit nettoyer le pays qui l'a accueilli de ses pires écrivains.

— Il nous veut du mal ?

— Son neveu surtout.

— Ce dingue de Cravan ?

— Attention à ce que vous dites, répondit la médium. Il pourrait vous mettre K.-O. Ce géant aux doigts de fée a osé affronter le grand Jack Johnson sur le ring, vous savez ? Le premier Mohamed Ali.

— Moi, la boxe, vous savez… Et de quoi veut-il se venger, notre poète ?

— De ne pas être considéré. Il dit que c'est lui qui a lancé Dada et les surréalistes. Et qu'il en a marre d'errer dans la mer. Il n'y a rien à faire là-bas, à part nager avec les dauphins. Les requins, il les assomme d'un simple coup de poing, précise-t-il.

— Moi je suis suisse ! Donc neutre. Dites-lui de faire comme si je n'existais pas.

— Mais vous n'existez pas, pour lui, rassurez-vous.

— Agréable. Et vous, quel est votre rôle, ici ?

— Je suis une passeuse, non seulement de plats, comme vous avez pu le constater, mais aussi et surtout d'âmes errantes.

— Vous croyez à la réincarnation ?

— Je préfère parler de champs vibratoires. Chaque âme doit tracer sa route.

— Et monsieur Wilde, est-il toujours avec nous ?

— Non, il n'est plus joignable.

— Ah ! vous voyez que c'est comme le téléphone.

— Façon de parler. Avant de partir, il m'a chargé de vous féliciter pour votre chapeau.

— Il doit lui rappeler celui de Jack l'Éventreur.

— Euh, il était ironique. Il a ajouté aussi qu'il ne manquera pas de vous saluer quand vous passerez de l'autre côté.

— À l'occasion, dites-lui que je ne suis pas pressée. Le champagne me manquera trop.

— Il aurait aimé ce trait d'esprit.

— Venant d'une femme, bien entendu…

14

Disparition d'un immortel

Lorsqu'elle revint dans le salon, Amélie Latombe découvrit une assemblée paniquée autour d'un corps gisant à terre. Jean de Moisson venait de faire un malaise en avalant de travers une bouchée de gâteau au chocolat.

Les écrivains se tenaient autour de lui sans savoir quoi faire.

— Il faut qu'il recrache ce qu'il vient d'avaler ! piaillait Mikonos.

Francesco déclara qu'il avait récemment suivi un stage de réanimation et s'improvisa secouriste. Il ne précisa pas qu'il avait davantage maté les seins d'Adriana Karembeu qu'écouté les recommandations des pompiers. Mais si on attendait de trouver un médecin à cette heure de la nuit dans la vallée, de Moisson aurait le temps de s'étouffer dix fois.

Francesco se plaça donc derrière lui pour presser son plexus, comme il l'avait vu faire par l'ex-mannequin au balcon fleuri. Ça fit crac ! Une côte cassée. Quelque chose fusa de la bouche de l'académicien.

Mais ce n'était que son dentier.

Il fallait tenter autre chose.

Le placer en position latérale de sécurité, par exemple. Ce qui permit à de Moisson de rendre son dîner sous les yeux écœurés de ses collègues, assez peu solidaires dans l'adversité. Ouzbek n'avait même pas quitté la table, toujours scotché sur la statuette. Belvédère prenait des photos en gesticulant comme dans *Blow Up*.

Par chance, Jean de Moisson respirait encore.

Il fut décidé de le ramener jusqu'à sa cellule pour l'allonger sur son lit, le temps qu'il reprenne connaissance et qu'on trouve un médecin. Ce qui, une veille de week-end, n'était pas gagné.

Yann Moite et David Mikonos se chargèrent de la besogne. De Moisson n'était pas lourd mais encore fallait-il savoir s'y prendre pour le transporter. Moite le saisit sous les bras, laissant les jambes à Mikonos. Ce dernier, qui espérait se rapprocher du maître lorsqu'il se réveillerait, remarqua qu'il avait de belles chaussures cirées. Mikonos était comme certaines femmes, il jugeait un homme à l'état de ses chaussures.

Moite, lui, comptait profiter de l'occasion pour s'esquiver après avoir livré le colis et rejoindre la bibliothèque afin de se connecter à Internet, le seul endroit où l'on captait, péniblement, le wi-fi. Il voulait connaître les chiffres d'audience de la dernière émission. Il se souvint alors qu'il était trop tôt. Il fallait attendre le différé du lendemain ou le *replay* du dimanche. *Fuck !* songea-t-il. Car lorsqu'il pensait, c'était toujours dans la langue de Shakespeare. Et par monosyllabes. Agacé, il laissa tomber la tête de l'académicien par inadvertance. Le crâne frappa le sol de ciment nu avec un bruit sourd, et de Moisson poussa un gémissement.

— Il en a vu d'autres, cria Belvédère, qui était resté en bas mais qui avait entendu la chute.

Une dispute commença à éclater entre ses deux porteurs.

— Fais attention, bon sang ! râla Mikonos.

— M'emmerde pas, il est immortel, non ?

Ils se trompèrent tout d'abord de porte et ouvrirent l'une des trois salles de bains.

— On n'a qu'à lui donner une douche, il pue le vomi, proposa Moite.

— T'es dingue ! Il faudrait le mettre tout nu.

— Foutons-le sous l'eau avec son costume, alors.

— Ah non, il n'est pas question que je participe à son déshabillage, enfin ! J'aurais l'impression de voir le zizi de mon grand-père.

— C'est pas vrai... Tu as quel âge, merde ? Bon, laisse tomber. C'est quoi le numéro de sa chambre, déjà ?

— La 11. On y est.

Arrivés devant la porte, les deux larrons cherchèrent chacun la clé dans leurs poches.

— C'est toi qui l'as ? demanda Moite, excédé.

— Mais non, c'est toi.

— On dirait un couple qui rentre à la maison.

— T'as acheté le pain ? demanda Mikonos en prenant la voix de Bourvil. Et mon vélooo ?

— Arrête de déconner, on dirait Patrick Sépabien. Bon sang, il chlingue, il a dû se faire dessus. Cherche dans ses poches.

— Ah non ! j'aurais trop peur de mettre la main sur un vieux mouchoir.

— Démerde-toi avec le vioque, moi je me casse.

— Il t'entend peut-être, un peu de respect tout de même, geignit Mikonos ployant sous son fardeau.

Yann Moite le planta là, seul au milieu du couloir avec son vieux dans les bras.

Dans le salon, Légo apostropha Latombe.

— Intéressons-nous à cette énigme. Alors, d'où venait cette voix ?

— D'outre-tombe. Servez-moi une coupe si vous voulez que je vous raconte. Car c'est à peine croyable.

— Il n'y a plus de champagne, répondit Ouzbek toujours affalé sur sa chaise. Mais Francesco a trouvé de la *grappa*.

— Pouah ! fit Latombe. Tant pis, à la guerre comme au monastère. C'est une histoire de fous !

— Ne le sommes-nous pas tous ? questionna Christine Légo, qui n'avait pas quitté Delphine Végane des yeux de toute la soirée.

Les hommes se servirent à boire, ignorant Delphine qui tendait son verre. Christine prit les choses en main et tendit une *grappa* à sa proie.

Tatiana et Kathy annoncèrent qu'elles partaient se préparer une infusion dans la cuisine.

— Vous nous accompagnez, Francesco ? Ce n'est pas que nous ayons peur, mais… En fait, nous sommes épouvantées !

Trop heureux d'être entouré de deux créatures plutôt girondes, Francesco ne se fit pas prier.

— Si vous croisez Oscar Wilde, dites-lui que je ne l'oublie pas, leur cria Amélie en s'esclaffant.

Lorsqu'elle eut fini de raconter aux autres ce qui s'était passé en bas, elle ne rigolait plus. Les hommes l'avaient écoutée comme s'ils n'entendaient pas ce qu'elle disait. Cette Suissesse passait pour une originale. Il se confirmait qu'elle était carrément foldingue. Seules Légo et Végane semblaient la croire.

— À présent, il s'agit de savoir qui est cet Un Cognito, décréta Belvédère pour changer de sujet.

Delphine Végane le regarda, interloquée, comme si elle venait de se réveiller.

— Mais… c'est le propriétaire du monastère.

— J'avais compris, merci. Mais que sait-on de lui exactement ?

Christine Légo secoua la tête.

— À vrai dire, je ne l'ai jamais vu.

— Moi non plus, dit Ouzbek. Je ne vois jamais personne, de toute façon.

Un frémissement parcourut le petit groupe.

— Comment ça, personne ne l'a jamais vu ? s'emporta Christine Légo, ce qui fit sursauter

Delphine Végane, de nouveau partie dans ses rêveries. Même Francesco ?

— Il n'est en fonction que depuis un mois et il a été embauché par l'intermédiaire d'une agence d'intérim à Nice, dit Belvédère.

— Comment savez-vous ça ? demanda Légo d'un ton sec.

— Parce qu'il me l'a dit !

— Et cet Augustin Traquenard qui m'a agressée, où est-il passé ? insista Christine Légo.

— Je n'en sais foutrement rien, cracha Belvédère. Et ça m'est complètement égal. Ce type ne cherche qu'à prendre ma place, ça se voit comme le nez au milieu de la figure.

— Nous venons de vivre une expérience assez troublante, conclut Légo dans un murmure. Une voix désincarnée qui nous a tous précisément nommés en portant contre nous des accusations insensées.

Un bruit de tonnerre se fit entendre, à en faire trembler les vitres. Puis l'écho de la foudre résonna dans les couloirs du monastère.

Delphine Végane se blottit sous son châle. Christine Légo lui passa une main dans le dos, comme pour la rassurer, et reprit son speech :

— Si je résume, nous avons été invités par un milliardaire qui se cache et reçus par un pseudo journaliste qui s'est fichu de moi en public, avant de se volatiliser.

— Vous oubliez la cuisinière, lui fit remarquer Amélie Latombe.

— Ah ! oui, cette prétendue médium complètement barrée. C'est justement son nom, figurez-vous.

— Je le sais, et je sens que je ne vais pas faire de vieux os ici, moi.

— C'est assez compliqué de partir, fit remarquer Ouzbek qui s'était soudain redressé. Il faut réserver un TAD, un Transport à la demande, une sorte de navette locale, puis trouver le bon horaire de train. Quand il y en a. Et il en passe peu, le week-end. Je crains que vous soyez bloquée ici jusqu'à lundi matin, que vous le vouliez ou non.

— On peut commander un hélico, suggéra Belvédère, qui n'avait que ça en tête.

— Il va y avoir une tempête, c'est dangereux. Il faudrait un casse-cou.

— Oui, parce que nous avons déjà un casse-couilles ? répliqua Légo en ricanant.

— Tsss tsss, on se calme, intervint Latombe. Nous venons d'arriver, nous n'allons quand même pas déjà repartir.

— Mais vous avez entendu cette voix, protesta Légo. Nous ne sommes pas les bienvenus ici.

— Parlez pour vous. Je m'y sens parfaitement à l'aise, moi. Oscar m'aime bien.

— Je suis d'accord avec Christine, dit Belvédère. D'autant que nous avons déjà rempli notre mission. Cette conférence littéraire aura été la plus courte de toutes celle auxquelles j'aurai participé, et la mieux payée !

— Parce que vous avez déjà été défrayé, vous ? demanda Légo, l'air inquiet.

— Non, mais j'ai reçu un chèque... Merde, maintenant que j'y pense, il est peut-être en bois.

— Pfff, qu'est-ce que vous en avez à faire, vous êtes riche !

— Mon frère est riche. Moi je ne suis qu'aisé.

— Prenons un autre verre, proposa Ouzbek. Avant que ça ne se gâte... Ça me rappelle une nouvelle de Lovecraft.

— Quel écrivain délicieusement sinistre ! s'exclama Latombe.

— C'est vrai, dit Belvédère. À côté de lui, Edgar Poe et Stephen King font figure de joyeux lurons.

— Passé maître dans l'art de rater sa vie, tout en réussissant son œuvre, ajouta Ouzbek, admiratif.

— Ah ! s'écria Végane, qui sortait peu à peu de sa torpeur. Pour une fois qu'on dit quelque chose d'intéressant ici. Après les artistes sans œuvre, il faut reconnaître que les œuvres créées par des artistes sans « vraie » vie est un sujet de réflexion inépuisable. Faut-il tout sacrifier pour son travail ? C'est la grande question qui nous taraude tous... Même les deux gourdes que vous savez.

— Vous voulez parler de Tatiana et Kathy ? demanda Légo.

— Je pensais surtout à leurs pendants masculins, Levide et Muzo. Ou Mikonos et de Moisson. Mais ça marche aussi avec Roseray et Podcol. Vous voyez, je n'aime pas ce que vous écrivez, Christine, pas plus que je n'aime ce qu'écrit Michel, d'ailleurs, mais je ne peux contester que vous y consacrez votre vie. Ou plutôt que vous avez réussi à faire de votre vie une œuvre d'art.

— La définition du dandysme ! s'enthousiasma Belvédère. J'espère qu'Oscar vous entend. Et je ne me vexe pas de n'être pas cité, ma chère Delphine. Car sachez que ça fait longtemps que je ne crois plus à la littérature. Tout a commencé avec la fin du roman. Et le roman, c'est la quintessence de la littérature.

Un terrible coup de tonnerre retentit encore une fois. Suivi d'un hurlement à vous hérisser les cheveux sur la tête.

— C'est un loup, ma parole, s'étonna Belvédère.

— Mais non, c'est cet horrible paon qui parade dans le jardin, répondit Légo en écho.

— Je me souviens d'une soirée costumée organisée par Gonzigue Saint-Bras. Il était arrivé en hélicoptère alors que nous étions censés être au Moyen Âge, ou un truc comme ça. Gérard de Villiers, l'auteur de SAS, était là, avec sa blonde. Il en a même tiré un épisode d'un de ses romans de gare, et figurez-vous que…

— Ce que vous pouvez être rasoir ! On se fout de vos histoires de gosses de riche, le coupa Christine Légo.

— Pourtant, c'est d'après une histoire vraie.

15

Règlements de comptes à OK Chorale

Delphine Végane, qui avait saisi l'allusion, n'avait pas dit son dernier mot. S'adressant au provocateur de salon, elle demanda avec perfidie :

— Et si vous nous parliez plutôt de cette Christelle Delange, mon cher Belvédère ?

— Alors là, vous pouvez vérifier : je l'avais invitée à lire des textes érotiques dans mon émission « Mes livres et moi », et elle a cru qu'elle allait pouvoir faire une carrière à la télé ou au cinéma. Or nous savons tous que le porno marque au fer rouge le fessier de ses demoiselles de petite vertu.

— Vous ironisez, comme d'habitude... Mais pourquoi l'avoir humiliée en direct à la télévision ?

— Je ne l'ai pas humiliée, j'ai juste rappelé qu'elle portait bien la culotte !

— Pas très classe, confirma Latombe.

— Rappelez-vous Serge Gainsbourg avec Catherine Ringer, face à un Michel Denisot qui n'en pouvait plus. Aaahh ! les grandes années d'Anal+. Miss Rita Mitsouko s'était très bien défendue toute seule, en le traitant de gros dégueulasse, si je m'en souviens bien.

— Tout le monde n'a pas la répartie d'une chanteuse de rock rageuse, reprit Végane. Vous saviez très bien que vous aviez à faire à quelqu'un de fragile avec cette femme.

— Ce monde est dur, chacun le sait.

— Pas besoin de le rendre encore plus dur quand on est face à plus faible que soit, rétorqua Delphine, qui ne lâchait rien.

— Oh, elle se débrouille très bien, rassurez-vous.

— Qu'en savez-vous ? On dit qu'elle a traversé une grave dépression.

— Eh bien qu'elle aille consulter ! Je ne suis pas l'Armée du salut. Je n'y suis pour rien, moi, à la fin. C'est un tissu de mensonges ! Des calomnies ! L'idéal est un long chemin de croix... Elle aura eu son quart d'heure de gloire, comme l'avait prédit Warhol.

— Un tissu de mensonges ? Ce qu'il y a de vrai, c'est que non seulement vous vous êtes dégonflé devant la porte de Salinger mais que vous vous en êtes pris à une pauvre fille qui faisait du porno et qui espérait seulement s'en sortir.

— Salinger me fout les jetons ! Déjà que je ne comprends rien à ses livres...

— Pourquoi avoir réalisé un documentaire sur lui, alors ? Vous l'aviez, votre scoop !

— Je laisse ça à votre chéri – à qui vous ne devez rien de votre succès, voudriez-vous nous faire croire. Qu'il l'invite donc dans son émission. Il nous bassine tous les étés avec sa spéciale « écrivains américains ».

— Nous y voilà... Vous êtes vexé parce qu'il ne vous a pas encore invité, c'est ça ? Et dans votre esprit de macho préhistorique, une femme qui réussit est une femme qui couche, c'est ça aussi ? Vous êtes un cliché ambulant, ma parole.

— Excusez-moi, ma jolie, en ce qui vous concerne, ce que je dis est vrai, non ? Quant à « La Grande Bibliothèque », désolé de vous décevoir, mais ça ne vaut pas « Apocryphe » ! Votre François Brummell n'arrive pas à la cheville de Bernard Pinot.

— Pinot ne vous a pas invité non plus, que je sache.

— J'étais trop jeune.

— Pas pour « Potage de mots ».

— J'avais à peine publié. Jean-Edern m'a invité, lui.

— On a les références qu'on mérite.

— Pardon encore, mais entre Edern et Brummell, il n'y a pas photo. Au moins on rigolait avec lui.

— Le problème, c'est que vous ne faites plus rire personne, en vous comportant à cinquante ans comme un gamin de quinze...

— Vous parlez peu, Delphine, mais quand vous l'ouvrez, ça tacle fort, intervint Latombe. J'adore !

— Je me demande où cette voix voulait en venir…, les coupa Christine Légo. C'est un taré, ce mec, un pervers narcissique. Comme tous les mecs, en fait.

— D'après Patricia Barrée, notre cuisinière médium, il s'agissait d'Oscar Wilde et de son neveu Arthur Cravan.

Amélie Latombe ôta son chapeau, découvrant un début de calvitie qui décontenança ses interlocuteurs. Michel Ouzbek, sorti de son engourdissement, se leva trop brusquement de sa chaise pour venir voir ça de plus près. Il chancela et tomba à la renverse.

Belvédère le regarda de haut et lâcha :

— Tombera pas plus bas.

Tout à coup, Amélie Latombe se figea.

— Mais où sont passés les autres ?

Il y eut un instant de flottement.

— Kathy et Tatiana sont parties se préparer une tisane en compagnie de Francesco, avança Delphine Végane.

— Moite et Mikonos ont raccompagné de Moisson dans sa chambre, enchaîna Christine Légo.

— Ils en mettent, du temps, à revenir, dit Latombe. Et s'il leur était arrivé quelque chose ?

16

La petite cuisine de l'au-delà

Kathy et Tatiana avançaient collées l'une contre l'autre comme deux siamoises. Francesco les suivait. Lorsque le trio pénétra dans la cuisine moderne, le lave-vaisselle de marque allemande tournait sans bruit.

Patricia Barrée finissait de ranger les bouteilles vides dans une cagette destinée à cet effet. À côté se trouvait un seau bleu, pour le compost, et une autre cagette pour le tri sélectif.

— Aaaah ! un fantôme, plaisanta le guide.

— Tout le monde, là-haut, se demande si vous connaissez le propriétaire du monastère, dit Tatiana de Roseray avant de mettre de l'eau à bouillir.

— Pas plus que Francesco, non. J'ai été embauchée comme lui, via une agence d'intérim niçoise. Je suis vacataire et ce mode de vie me va très bien. Un jour ici, le lendemain ailleurs, au gré des contrats à durée déterminée. Les tasses à thé sont sur les étagères.

— Cette histoire de voix et d'Oscar Wilde dont nous a parlé Amélie Latombe, c'est une blague, n'est-ce pas ?

— Pas du tout, et en réalité j'ai surtout parlé à son neveu, Arthur Cravan.

— Mais c'est impossible ! s'écria Kathy.

— Moi j'y crois, dit Francesco. Quand j'étais enfant, mes parents tenaient un magasin de jouets où il se passait de drôles de choses, la nuit.

— Du genre ? questionna Patricia, très intéressée.

— Des pièces de jeux d'échecs qui bougeaient toutes seules ou qu'on retrouvait sciées le lendemain matin. Des traces de pieds nus sur le sol. Plus terrifiant, un jeune voisin qui s'est plaint de s'être fait étrangler par une sorte de chevalier géant.

— Il aura rêvé, dit Tatiana.

— Il avait des traces de strangulation autour du cou.

— Il aura pu se les faire tout seul.

— Peut-être... Mais peut-être pas.

Francesco se tourna vers Patricia Barrée.

— Vous croyez donc à la vie après la mort ?

— Tous les médiums vous le diront. Je n'échappe pas à la règle : il y a un « autre côté », j'en suis convaincue. La mort physique n'empêche pas que subsiste une forme de conscience de ce qu'on a été ici-bas. On peut donc poursuivre son évolution.

— Son évolution ? s'étonna Kathy. Comment cela ?

— Les esprits errants sont en transition entre le monde matériel et l'au-delà. Ils ne sont pas encore passés de l'autre côté et, même privés de corps physique, ils continuent à vivre parmi nous. Dans certains cas, cela peut durer des siècles. Car l'esprit errant garde son libre-arbitre et il ne dépend que de lui de franchir le cap. Il peut retourner dans son lieu d'habitation terrestre, son lieu de travail, se mettre à suivre des membres de sa famille, des amis, des amours... Il déambule, rôde d'un endroit à un autre.

— Mais pourquoi erre-t-il ainsi ? demanda Tatiana.

— Généralement, il est découragé de constater que les gens qu'il côtoyait de son vivant ne le voient pas, ne l'entendent pas, ne lui parlent pas. Alors il va ailleurs, là où on peut le voir. Il peut croiser d'autres esprits errants, comme lui, puis il repart, revient. Il est perdu, désespéré. Souvent, même s'il a pris conscience de sa mort physique, il ne réussit pas à partir, car il ne veut quitter ni les lieux ni les personnes qu'il a aimés.

— Moi ça me fout les chocottes, dit Francesco.

— Je comprends que ça fasse peur. Il existe de mauvais esprits. Satan, esprit maléfique, possession, appelez-ça comme vous voulez mais ne jouez pas avec. Je ne suis pas de celles qui invoquent délibérément ces influences démoniaques, surtout pas pour faire tourner des guéridons ! Ces forces négatives existent, elles sont dangereuses et il ne faut pas solliciter leur présence à la légère.

— Vous croyez donc au diable ? souffla Tatiana.

— Votre eau est chaude. Oui, le diable est tapi en chacun de nous, c'est notre part d'ombre, comme un négatif de nous-même. Nous le nourrissons, nous lui donnons vie. Il nous faut sans cesse lutter contre notre propre négativité. Le diable est là pour nous tenter, se mesurer à nous, pas pour nous détruire. Quand il détruit, c'est qu'il a été provoqué. C'est pour ça que je déconseille les séances de spiritisme. Les gens, les jeunes surtout, font ça pour s'amuser. Leur démarche éveille des esprits peu évolués ou en perdition, qui peuvent alors constituer un vrai danger. J'ai vu des jeunes filles se mettre à trembler, les yeux révulsés, en transe. Elles avaient des convulsions dans tout le corps, des raideurs dans les bras.

— Vous êtes en train de décrire madame Légo, plaisanta Francesco.

— Un esprit était descendu en elles. Les exorcistes musulmans appellent ça des « djinns ».

— Des pantalons hantés ? lança Francesco.

— Ne plaisantez pas avec les mauvais génies. Ce qui est invisible n'est pas forcément inexistant.

— Avez-vous constaté vous-même des cas de possession ? insista Tatiana tout en versant l'eau chaude sur des sachets de camomille.

— Bien entendu, et je peux vous dire que de nombreux schizophrènes ou prétendus hystériques qui remplissent les hôpitaux psychiatriques sont en fait…

— … possédés par le diable ? compléta Podcol.

— C'est vous qui le dites, éluda Barrée. Sur ce, mesdames, monsieur, je vais devoir prendre congé, il se fait tard. Cher Francesco, ce fut un plaisir de travailler avec vous.

— Plaisir partagé, chère Patricia. Mais je ne suis pas pressé de vous revoir.

Les deux écrivaines rirent nerveusement.

Patricia Barrée attrapa son sac à main.

— Attendez, une dernière question, dit Tatiana. Ou bien un conseil, je ne sais pas.

— Je vous écoute.

— Le monastère… Est-ce qu'il est hanté ?

— Habité plutôt, par des esprits lumineux comme les moines franciscains, mais aussi par des âmes errantes comme Oscar Wilde et Arthur Cravan.

— Ces deux-là auraient été provoqués, si je vous ai bien suivie. Mais par qui ?

— Vous le savez parfaitement. Il y a parmi vous des écrivains à l'ego démesuré.

— Nooon ! Vous croyez ? Oseriez-vous dire qu'ils sont schizophrènes, donc possédés ? Et ils auraient invoqué ces âmes errantes pour…

— *Damned !* lâcha Francesco. Je suis découvert… *Vade retro, satanas !*

— Chuuuutttt ! Vous ne prenez donc jamais rien au sérieux, gémit Tatiana. Elle vient de vous dire de ne pas les provoquer.

— *Scusi, bella ragazza*. Vous devriez écrire un livre, Patricia.

— Mais j'y songe, figurez-vous. Adieu !

Sur ce, la médium disparut dans le couloir. La porte du monastère claqua lourdement derrière elle.

Le bruit résonna jusque dans la cuisine.

17

Catastrophe et catacombes

Tenant leur tisane à la main, les deux inséparables Tatiana et Kathy étaient encore sonnées par ce qu'elles venaient d'entendre. Les murs de la cuisine tremblaient encore de la sortie magistrale de la médium.

— Cette porte d'entrée est parfois grippée, dit Francesco. Finissez vos infusions et je vous emmène découvrir quelques secrets du monastère.

Francesco fit sortir Tatiana et Kathy par une grande porte qui donnait sur le jardin et les entraîna vers le cloître, mais en restant à couvert sous les arcades des galeries, lesquelles reposaient sur de gros piliers rectangulaires. Comme il n'y avait pas de lumière artificielle et que le ciel était noir comme le cul du diable, il s'apprêtait à éclairer le chemin avec son smartphone. Mais Kathy Podcol l'arrêta.

— Attendez… Regardez comme ça brille. Que c'est beau !

— Des vers luisants, dit Tatiana.

— Non, ce sont des lucioles, la corrigea Francesco. Il y en a parfois des centaines. C'est la fin de la saison. Vous auriez vu ça, cet été ! On aurait dit un petit feu d'artifice. Silencieux et au ralenti. Attention où vous mettez les pieds. Il y a des changements de niveaux un peu partout. Si vous avez la chance de visiter le clocher, vous pourrez lire la devise suivante : *A me il sole, a te lo studio* (« À moi le soleil, à toi l'étude »). Mais ne montez pas trop haut, on dit qu'une fois au sommet du monastère on ne peut plus en redescendre.

— Vraiment ? s'étonna Kathy.

— C'est une métaphore, dit Tatiana. N'est-ce pas ?

— Oui, je crois. On dit que Dieu vous parle là-haut. C'est surtout l'entrée que prennent les chauves-souris tous les soirs, à la tombée de la nuit. Chaque été, des gardes du parc du Mercantour viennent les compter.

— Une à une ? demanda Podcol.

— En rang par deux, répliqua Roseray en s'esclaffant. Brrrr, hors de question que je me balade au milieu de chauves-souris.

— Ce sont des espères rares et très douces au toucher. Vous ne craignez rien, elles dorment le jour et vont chasser à la tombée de la nuit. Vous voyez ce puits ? demanda Francesco pour changer de sujet. Eh bien, ce n'est pas un puits, mais une citerne qui longe le monument, en sous-sol, sur des dizaines de mètres. Quand j'étais enfant, nous y jouions avec mes amis et cousins français. Aujourd'hui, c'est interdit. D'où cette grille qui empêche de descendre, sauf en cas de besoin. On dit qu'il y a un crapaud géant qui protège les ossements de sa dulcinée, mais c'est faux : les ossements sont ailleurs.

— Ah bon ? Où ça ? Où ça ? glapirent en chœur les deux écrivaines, soudain excitées comme des puces.

— Dans la crypte, sous le lutrin qui servait aux moines à lire les textes bibliques, il y a une trappe avec un tas d'ossements.

— Oh ! mais c'est follement excitant, s'enthousiasma Kathy. Comme dans les catacombes ?

— Ça, c'est quelque chose, approuva Tatiana. J'y suis allée quand j'étais jeune, pour une fête étudiante. Là-bas, aucun cercueil, aucune pierre tombale, juste des tibias, des côtes et des colonnes vertébrales entassés, surmontés de milliers de crânes aux mâchoires édentées et aux orbites désespérément vides. Je me souviens de crânes disposés en cœur et de tibias formant des croix.

— Ici en tout cas on se croirait vraiment dans *Le Nom de la rose*. Ça me donne des frissons. Allons-y !

— Vous ne voulez pas que je vous parle du cloître, avant ? demanda Francesco.

— Mais ce n'est pas un secret, ça, vous nous en avez déjà parlé tout à l'heure, rappela Tatiana. Les fresques relatant la vie de saint François d'Assise, l'ancêtre de notre abbé Pierre, grosso modo. Allez, je veux voir ces cadavres !

— Des ossements, corrigea Francesco.

— Oui, c'est ça. Allons dans l'église !

Francesco ouvrit une porte qui donnait accès à Notre-Dame-des-Miracles.

— Cet édifice construit au XVIIe siècle se compose d'une nef unique, voûtée d'arêtes et flanquée de quatre chapelles…

— On s'en fout, Francesco. Menez-nous à la trappe aux squelettes ! l'interrompit Kathy.

— Nous allons donc pénétrer dans le chœur. Vous noterez qu'il est séparé de la nef par un grand retable placé juste derrière le maître-autel, afin d'isoler les frères de l'assistance pendant les offices.

— Que c'est beau, s'émerveilla Tatiana. Et d'une sobriété !

— Vous avez raison, ce retable est en noyer naturel simplement ciré, selon la tradition franciscaine. Il est plus étroit que la nef et a conservé ses stalles au décor simple. La trappe dont je vous parlais est située sous le lutrin qui servait à…

— Ouvrez ! Ouvrez ! s'écrièrent les deux écrivaines.

— Mais je ne sais pas si j'ai le droit de…

— Nous vous le donnons, dit Tatiana. Le nouveau propriétaire n'avait qu'à être présent. Allons-y !

Francesco fit basculer la trappe et descendit la tête la première, en éclairant les lieux de son smartphone. Les deux dames le suivirent, malgré l'étroitesse du tunnel, à la manière des spéléologues. Tous trois se retrouvèrent bientôt à genoux dans une crypte, sur une mare d'ossements.

— On ne sait pas à qui ils appartenaient. Moines, soldats… C'est qu'il s'en est passé de belles ici, pendant la Révolution et la Seconde Guerre mondiale.

— Aïe ! Quelque chose m'a piquée au pied, se plaignit Kathy Podcol.

— Sans doute un bout d'os tranchant, voulut la rassurer Tatiana.

— À moins que ce ne soit un scorpion, chuchota Francesco. Ils ne sont pas mortels… sauf si on est allergique.

— Sortons de là ! hurla Podcol. Je suis allergique à tout !

— Allons chercher Amélie Latombe, proposa Roseray. Elle devrait savoir quoi faire.

— Genre aspirer le venin ?

— Avant, j'aurais bien aimé vous montrer les locaux techniques, il y a des passages secrets qui donnent sur les anciennes écuries, où il reste de la chaux. De quoi faire disparaître des cadavres…

— Arrêtez ! Francesco, vous commencez à me faire peur, déclara Kathy. Cette piqûre me fait atrocement mal. Nous y verrons mieux demain. Allons nous coucher !

— Tous les trois, ensemble ? demanda Francesco, une lueur d'espoir dans les yeux.

Une dizaine de minutes plus tard, ils étaient de retour dans le couvent.

En partant de l'église, ils avaient oublié de fermer la trappe donnant accès à la crypte. Une luciole y pénétra, éclairant les lieux jusqu'à faire briller le tas d'os phosphorescents blanchis par les ans.

Quelque chose bougeait au milieu de cet empilement de sel de calcium. C'était le minuscule arachnide qui déambulait avec son dard venimeux, comme s'il traversait un cimetière d'éléphants. Noir de colère, le scorpion à queue relevée était prêt à en découdre de nouveau avec les géantes à longs poils jaunes.

18

Vanité des vanités

David Mikonos faisait du bouche-à-bouche à Jean de Moisson. Il tentait vainement de le réanimer.

Mikonos avait fini par trouver la clé de la cellule de l'académicien. Une fois installé sur son lit, de Moisson s'était étouffé avec ses propres mots, comme à son habitude. Mais au sens propre, cette fois. Il était devenu rouge, puis bleu et enfin tout blanc. Cocardier jusqu'au dernier soupir, quoi. S'il mourait, ce serait avec les honneurs, ne put s'empêcher de penser Mikonos.

Il avait cherché le pouls de l'agonisant, avant de quitter la cellule en hurlant « Aaahoou ! » au lieu d'appeler à l'aide. C'était ce cri que Christine Légo avait confondu avec celui du paon.

Yann Moite, quant à lui, avait donc depuis longtemps laissé Mikonos se débrouiller tout seul pour partir en quête d'une télévision. Il avait finalement atterri par hasard dans la bibliothèque.

Afin d'y accéder, il avait dû passer devant une fresque de couleur, placée au-dessus d'une double fenêtre, sur laquelle était écrit « MODESTIA », qu'il n'avait pas remarquée. Pas plus qu'il n'avait vu l'inscription « HUMILITAS » dans le réfectoire, pendant la conférence écourtée.

Décidément aveugle et sourd au monde extérieur, il n'avait pas non plus entendu le hurlement grotesque de Mikonos. Il faut dire qu'il avait des écouteurs dans les oreilles, un livre de Charles Péguy entre les mains et un œil sur le petit écran de son ordinateur, qui diffusait le *replay* de sa dernière prestation télévisée.

Mikonos avait peur du noir. Après avoir involontairement imité le paon, il rebroussa chemin jusqu'au lit de Moisson.

Nom de Dieu ! il est mort, se dit-il.

Sans comprendre tout de suite ce qui venait de se passer.

Mort ! Mort...

Qu'un homme comme de Moisson casse sa pipe sous ses yeux lui paraissait improbable, impossible, inimaginable. L'académicien était si vif, si débordant de vitalité pour son âge. Et cette faconde, cette aisance intellectuelle. Quelle intelligence ! Lui qui mordait la vie à pleines dents !

Comment Mikonos allait-il pouvoir expliquer ça aux médias ? Cette mort était si brutale, si inattendue, qu'il en resta prostré. Médusé, le souffle coupé, il ne pouvait plus parler et ne savait plus que faire.

Alors il cria de nouveau.

— Aaahooou !

C'était ridicule, il le savait bien, mais il n'avait pas la force de redescendre prévenir les autres. Car pour ce faire, il lui fallait traverser seul deux interminables couloirs que des veilleuses défectueuses éclairaient par intermittence. Et ça lui rappelait fatalement ses terreurs nocturnes de colonie de vacances. Lorsque tout le dortoir dormait et que lui ne parvenait pas à trouver le sommeil, il se sentait horriblement seul, loin de sa famille, abandonné. Alors il écoutait ses petits camarades dormir, respirer, rêver, cauchemarder et la plomberie claquer, vibrer, les literies grincer et le bois craquer.

Il suffisait qu'une chouette ou un hibou hulule pour qu'il pisse de trouille.

Le jeune David avait lu dans un conte qu'on pouvait voir ce hululement comme un présage de mort ou de malchance. Du coup, il n'osait pas aller uriner aux toilettes, qui se trouvaient à l'autre bout du couloir, quand l'envie lui prenait en pleine nuit. Il préférait pisser au lit et subir les quolibets de ses petits camarades plutôt que d'affronter les monstres de son imaginaire.

Ce mauvais souvenir lui donna envie de dormir. Il se coucha sur le tapis, recroquevillé en boule, au pied du cadavre de l'Immortel qu'il venait de recouvrir d'un drap.

Il rêva qu'il avançait dans la brume, bras en avant. Et plus il avançait, moins il voyait distinctement le chemin qu'il empruntait. À force d'avancer, il finissait par être aveugle. Mais des mains le frôlaient pour lui indiquer la route. Et plus elles le touchaient, plus il en avait peur, car elles le tiraient vers l'inconnu.

Il se réveilla en sursaut. Quelque chose l'avait piqué à la main. Il ne le savait pas, mais une veuve noire venait de s'en prendre à cet intrus turbulent. David Mikonos se frotta le poignet au moment où sonnèrent les douze coups de minuit. L'araignée regagna ses pénates.

Mikonos se demanda soudain ce qu'il fichait dans ce monastère. Avait-il sa place dans cette résidence d'écrivains ?

Il eut soudain un doute horrible : était-il un imposteur, comme l'avait prétendu la Voix ? Jusque-là, il avait passé sa vie à vouloir à tout prix se faire accepter par le milieu littéraire, aimer par les critiques, admirer par les lecteurs et les libraires. Il y avait réussi. Mais qui était-il vraiment ? D'où lui venait cette faim de fiction ? Comme si la vie ne lui suffisait pas… Jouait-il un rôle ? Celui de l'écrivain ? Écrire, c'était parler de soi. Mais que valait-il ? Se souviendrait-on de David Mikonos dans trente, quarante, cinquante ans ? Le lirait-on encore ? À quoi bon écrire ?

Cette bâtisse lui fichait le bourdon. Il lui fallait sortir d'ici. Quitter cette chambre funèbre. Se barrer de ce monastère de malheur. Pour aller où, à cette heure de la nuit ?

Ah ! on ne l'y reprendrait plus. Terminé, les salons de province.

Mikonos vivait un véritable cauchemar, paumé dans ce village perché au sommet d'une montagne. S'il l'avait seulement en face de lui ! ce mystérieux milliardaire qui l'avait invité, il... il... et puis flûte ! Il devait retrouver sa cellule. Ce monastère était une véritable prison ! Où était passée sa fichue clé ?

On lui avait attribué la chambre 13. Un vendredi... Il aurait dû en demander une autre.

Il entendit soudain un grand fracas. Le bruit provenait de l'autre bout du couloir. Ça ne pouvait pas être le tonnerre puisque l'orage était passé. Qu'est-ce qui se passait ?

À peine s'était-il remis debout qu'il fut saisi d'un grand vertige. Son bras le lança terriblement. Un filet d'urine macula son pantalon.

Il eut juste le temps de comprendre l'origine du bruit avant de s'évanouir aux pieds du grand petit écrivain.

Qui était devenu tout vert dans le noir. Sous le drap blanc, la poitrine de l'Immortel se soulevait légèrement. Son infatigable cœur venait de repartir.

Une trappe grinça sous le lit en bois.

Ils n'étaient pas seuls dans cette chambre monacale.

19

Belvédère cherche la lumière

Delphine Végane, Amélie Latombe, Christine Légo, Frédéric Belvédère et Michel Ouzbek étaient toujours dans le salon, massés en groupe compact autour du piano désaccordé. Bien que la nuit fût chaude, Delphine Végane et Amélie Latombe frissonnaient un peu.

— Nous ferions bien d'aller nous coucher, décréta Christine Légo à l'adresse de Delphine. Il est tard.

À minuit passé et vu les circonstances, la proposition était sage. Les écrivaines partirent donc ensemble pour se rendre dans leurs chambres. Elles se souhaitèrent bonne nuit dans le couloir et Delphine s'enferma précipitamment à double tour dans sa cellule pour se sortir des griffes de Légo. Elle en soupira d'aise et vérifia sous le lit que tout allait bien. Rien à signaler. Elle s'allongea habillée, comme si elle s'attendait à devoir fuir à toute vitesse en pleine nuit.

De l'autre côté du mur, Christine Légo n'avait pas renoncé. Elle frappa légèrement contre la cloison, comme on le fait en prison, pour savoir si sa voisine l'entendait. Mais rien, pas de réponse. La pierre était trop dure et épaisse, et la chaux qui la recouvrait trop souple. Légo décida qu'elle tenterait sa chance le lendemain.

Dans sa cellule, Amélie Latombe fut surprise par une chauve-souris paniquée, égarée, et que la lumière avait réveillée. Elle éteignit, le temps que la bête retrouve la sortie, puis crocheta calmement ses volets et ralluma. Ensuite elle posa son chapeau sur la table qui faisait office de bureau.

Elle prit enfin le temps d'inspecter toutes les fresques de sa fameuse cellule numéro 7.

La tête de mort ne l'effrayait pas du tout, au contraire. Elle savait très bien que, pour les franciscains, il s'agissait tout bonnement de se rappeler que la mort existait afin de bien vivre sa vie.

Latombe fut davantage impressionnée par l'araignée qui lui sauta sur le ventre alors qu'elle lisait au lit avant de s'endormir.

— Oh ! Tu es grosse, toi, fut son seul commentaire.

Frédéric Belvédère, lui, n'avait aucune envie de se coucher. Surtout pas seul. Il n'avait pas sommeil. Pour lui, la soirée débutait à peine. Et comme Ouzbek paraissait H.S, il décida de sortir seul et de tenter sa chance pour trouver un endroit encore ouvert au village.

Francesco lui avait dit que le Heinz-Café fermait tard, mais il se situait à l'autre bout du village, tout en bas de la grand-rue. Qui n'était en fait qu'une ruelle pavée, comprenant une infime portion bitumée depuis peu, entre la maison de retraite et le lavoir.

Sinon, il y avait la pizzeria Lou Pountin, tenue par le compatriote de Francesco, Bruno, aux faux airs de Bud Spencer – le gros barbu acolyte de Terence Hill dans la série des *Trinita*. Bruno aimait jouer de la guitare en compagnie de qui voulait bien chanter. Les clients fêtards étaient les bienvenus, du moment qu'ils payaient comptant.

Il ne pleuvait plus mais l'orage s'était remis à tonner, par salves, et des éclairs striaient le ciel humide. Grisé par l'alcool, cheveux au vent, Belvédère n'avait pas peur de divaguer dans les ruelles sombres de Saorge. Il glissa plusieurs fois sur les vieux pavés glissants de la descente abrupte, manqua de marcher sur une couleuvre, se rattrapa au réverbère qui éclairait l'hospice situé juste en dessous du monastère. Il dépassa le lavoir, se dirigea vers La Petite Épicerie, à la devanture bariolée, qui faisait aussi restaurant et se trouvait à une dizaine de mètres seulement du Lou Pountin. Elle était fermée, mais une brochette de Saorgiens, assis en rang d'oignon sur un banc placé le long du mur, finissaient leur bière en devisant et fumant gaiement au son de la techno mise en sourdine. Ils avaient tous des trognes de vieux routards.

Belvédère faillit rebrousser chemin en les apercevant, mais constatant qu'ils ne paraissaient pas hostiles, il se dit qu'en fin de compte, entamés comme ils étaient tous, malgré leur différence de milieu social et culturel, ils seraient à peu près sur la même longueur d'onde.

En effet, grand sourire aux lèvres, le dénommé Pierrot – taille moyenne, cheveux courts, regard vitreux – lui proposa de s'asseoir pour partager un pétard. À côté de lui se trouvaient, dans l'ordre, Paulo, Lucas, Jérôme, Ewan, John, Peter et Robin. Soit un Portugais court sur pattes, basané et musclé, deux Saorgiens du cru (ils insistaient sur ce point), petits, bruns et malins, un géant écossais blond et barbu, deux Anglais, secs et nerveux, et un Lorrain rougeaud aux cheveux aussi longs que ses bras (ex-gendarme albinos, devenu rasta).

Par-dessus le son de la techno, Lucas jouait d'un accordéon en bois et fait main, tout en pleurant d'émotion.

La plupart des gars portaient de vieux tee-shirts rock'n'roll délavés ou troués, des polaires défraîchies, et des chaussures de montagne usées. Débordant d'imagination, Frédéric Belvédère, qui boitait bas depuis sa dernière chute, s'imagina avec une jambe de bois dans un roman de Stevenson, en compagnie de boucaniers en bordée. Manquait juste le perroquet.

À défaut, il y avait des chats partout dans le village de pierre.

— « Que ta voix, chat mystérieux/Chat séraphique, chat étrange/En qui tout est, comme en un ange/Aussi subtil qu'harmonieux », se récita Belvédère, en amoureux de Baudelaire.

Passé les présentations, l'un des bourlingueurs lui proposa un verre de bière et lui demanda ce qu'il glandait là, à cette heure de la nuit et par ce temps pluvieux. Belvédère répondit qu'il était écrivain résident au monastère :

— Sont tous barges, là-haut ! commenta Robin, avant de lui proposer un pari.

— T'es pas cap' d'écrire dans ton prochain livre la phrase suivante : « La vraie vérité vraie de l'arbre en bois dans la forêt. »

— Qu'est-ce que je gagne en échange ?

— Ma considération, ce qui est déjà énorme, la bière que tu es en train de boire et quelques taffes de notre spécialité locale.

— Ça marche ! Ce sera dans mon prochain livre. Si j'en publie un autre, parce que je me suis mis au cinéma.

— Ah oui ! Je me disais bien que ta gueule me rappelait quelque chose. C'est toi, Belvédère. T'as l'air moins con qu'à la télé, remarqua Pierrot en rigolant.

— C'est le problème de la télé, répondit l'animateur.

— T'as raison de laisser tomber les livres, approuva Lucas. Ça rapporte moins que le ciné et c'est plus chiant. On a un cinéaste, à Saorge, il s'appelle Michel Toesca et il a réalisé *J'irai marcher sur vos tongs*.

— Sérieux ?

— Est-ce que j'ai une tête de menteur ?

— Non, non, répondit Belvédère. Génial comme titre. Ce serait donc le Max Pecas du cinéma underground ?

— Euh, plutôt le Boris Vian du cinoche, répondit Lucas qui connaissait ses classiques.

— J'ai pas lu un bouquin depuis le collège, se vanta John, qu'on surnommait Louis XIV, rapport à ses cheveux longs ondulés. Mais, dans mon garage, j'ai une collection de vieux livres sur la sexualité.

— Ah ! oui, ça m'intéresse ça. Bataille, Sade, Pierre Louÿs ?

— Non, non, des ouvrages sur la sexualité, je te dis, pas érotiques. Tu ne comprends pas le français, tu veux que je te le dise en saorgien ?

— J'ai lu que ça ressemble au tendasque ?

— Malheur ! Ne dis jamais ça ici ! Ne jamais nous comparer à Tende, gronda Ewan, qui ressemblait à un Viking, avec sa barbe blond-roux et ses cheveux longs.

— Pardon ! Pardon ! Je viens d'arriver… je découvre la région.

— D'ailleurs tu allais où comme ça ? demanda Ewan, d'un ton un peu agressif, avec un fort accent écossais.

— Aux putes, répondit Belvédère, fier de lui.

Les pirates se gondolèrent en cascade, toujours en rang sur le banc en bois qui tressautait. Un verre posé en équilibre tomba et se brisa.

— Elles sont couchées à c't'heure, dit Paulo. Ou déjà mariées…

— Paraît qu'au Lou Pountin, le patron saura me renseigner.

— Si tu sais cracher le feu, il te trouvera tout ce que tu veux, confirma Lucas, qui venait de ranger son accordéon.

— Cracher le feu ?

— Ouais, mon gars, ici tout le monde crache le feu, confirma John. Si tu veux t'intégrer au peuple intrépide de Saorge, il faut apprendre à cracher le feu. Il n'y a que ça pour attirer les femmes folles d'ici.

— Folles ?

— Possédées. De véritables sorcières. Des pondeuses. Elles t'ensorcellent, s'offrent à toi, croupe tendue. Et dix mois après – ici, c'est dix mois – elle vont accoucher dans la montagne, sous un arbre, seulement accompagnées d'une chawoman.

— Bon… je vais faire mon expérience. Merci pour la beuh-ière les gars.

— Pas d'quoi, l'Parisien.

Frédéric Belvédère reprit son chemin.

Il remit sa cravate en place et sa mèche loin des yeux, avant d'entrer dans la pizzeria, qui résonnait du chant des partisans italiens.

À l'intérieur il eut la surprise de retrouver Francesco. Kathy Podcol et Tatiana de Roseray l'avaient éconduit et étaient parties se coucher sans lui.

Il buvait à la table du patron, lui-même flanqué d'un homme chauve qui grattait sur sa guitare.

Tout ce petit monde chantait des standards populaires italiens.

La taulière, Sabina, qui parlait parfaitement le français, annonça à Belvédère que le four était éteint. Il répondit que ça tombait bien parce qu'il avait chaud :

— Assez chaud pour apprendre à cracher le feu.

Il avait dit ça comme s'il s'agissait d'un mot de passe ou d'une formule magique.

— Pour ça, il faut voir avec mon mari, répondit Sabina avec un sourire entendu.

— Qu'est-ce que vous voulez ? demanda sèchement le patron.

— Je le connais, intervint Francesco en italien, c'est un écrivain, Frédéric Belvédère. Très connu en France. Il est au monastère.

— Qu'il y reste ! Qu'est-ce que tu veux que ça me fasse qu'il soit connu ? Je suis italien. Jamais entendu ce nom de ma vie.

— C'est sans importance, dit Belvédère. Appelez-moi Long John Silver !

— Ah ! Lui, je le connais. Que puis-je pour vous, camarade de bordée ?

— Ratafia ! Et moult femmes, tavernier. Où sont les femmes ?

— Les filles ?

— Oui, il y a bien un endroit où passer un bon moment dans le coin ?

— Je vois. Écoutez-moi bien. Il faut descendre jusqu'à la Bendola. Une fois à la rivière, vous remontez jusqu'à Castou. C'est à quinze minutes.

Arrivé à Castou, vous criez « ouh ! ouh ! », comme le hibou, et quelqu'un vous répondra « ouh ! ouh ! » Compris ?

— La rivière, Castou et le hibou, pigé. Mais vous êtes sûr, pour les filles ?

— À cette heure, il n'y a que là-bas que vous en trouverez, je vous dis ! Du genre squaw amazone, hein ! Comme dans *Little Big Man*. Vous avez de l'argent ?

— Plus de mille euros en cash. Et ma Gold.

— Ouh ! ça ira largement. J'ai oublié de vous dire le principal : il faut cracher du feu à l'entrée de Castou. C'est le signal.

— On vient de me dire ça. C'est donc vrai ?

— Bien sûr. Pas vrai, Francesco ?

— Oui, oui, répondit vaguement le guide, avant de changer aussitôt de sujet : Comment ça va, au monastère ?

— À part Jean de Moisson qui a fait un malaise, tout roule. Quand je suis parti, il dormait, je crois. Mais revenons aux filles, parce je m'ennuie à mourir là-haut. Il n'y a que des lesbiennes !

— Si jamais Castou ne vous convient pas, il reste Ipaya.

— Ipaya ?

— La maison en bois d'un bouilleur de cru transformée en lupanar, dans la forêt. Mais il faut un guide pour y aller. Tentez d'abord Castou, et si ça ne vous va pas, je vous y mènerai moi-même. C'est tranquille là-bas. Il y a une masseuse-réflexologue. Elle fait des merveilles avec ses mains… En attendant, qu'est-ce que je vous sers ?

Nous avons de la charcuterie pour accompagner ce que vous boirez.

— De la vodka ?

— J'ai mieux que ça. Sabina chérie ! Sors *il fil di ferro*. Nous avons un invité !

— Le… fil de fer ?

— Autrement appelé le « Tito ». Du schnaps, comme on dirait en Allemagne. Un alcool blanc très fort, ramené d'ex-Yougoslavie. Vous m'en direz des nouvelles. Si vous arrivez encore à parler après.

Belvédère jeta un œil à la bouteille que lui tendait le patron. L'étiquette jaunie proclamait « SLJIVOVICA » et une croix en bois nageait dans le liquide. Mais ça aurait pu être un serpent ou une maquette de bateau, se dit-il.

— Pourquoi on appelle ça « fil de fer » ?

— Parce que c'est interdit à la vente en France, répondit Bruno. Ceux qui en rapportent sont obligés de cacher les bouteilles au bout d'un fil de fer qu'ils lancent au fond d'un puits pour les garder au frais.

Frédéric Belvédère fit comme les trois Italiens assis autour de lui, il but son verre cul sec.

Ses yeux se mirent à pleurer. De joie.

Puis il cracha le feu, comme on le lui avait dit.

Il se crama légèrement la barbe et les cheveux, mais rien de méchant. Après quoi, il se dévêtit presque entièrement. Costard, cravate, chemise, chaussures, chaussettes, il balança tout. Il ne conserva que son slip de la marque Dom. Il se délesta même de son iPhone et de son alliance.

Il se délivrait de tout pour protester et renaître, expliqua-t-il, le regard illuminé.

Plus tard, il sortit de la pizzeria et hurla :

— Je suis fou de rage ! Et je ne vais plus me laisser faire !

Puis il partit en courant dans la Bendola sauvage, en direction de Castou. Torché comme un Cosaque mais heureux comme un pape.

20

Rester vivant

Laissé tout seul dans le salon, Michel Ouzbek pensa au jour où l'homme aurait vaincu la mort. Des équipes de Google étaient sur le coup. Il se dit que ce serait un supplice pour lui. Il n'en pouvait plus de cette vie et pourtant il avait peur de mourir.

Ouzbek était resté coincé entre l'enfance et l'adolescence, dans un monde qui se passait de toute forme de responsabilité, jusqu'à celle de sa propre existence. C'est pour ça qu'il écrivait tout ce qui lui passait par la tête, sans se soucier des conséquences ni de la justesse de ses analyses. Il aimait jouer avec les mots, comme un jongleur avec des quilles. Parfois l'une d'elle tombait, mais il se sentait libre en écrivain, car il était concentré. Ça l'empêchait de trop réfléchir. De fléchir. C'était sa manière à lui de se suicider en douceur. Lentement mais sûrement.

L'adolescent Michel avait peur de la mort parce qu'il devenait adulte. L'adulte Michel avait peur de la vie parce qu'il se sentait vieillir. Le vieux Michel aurait peur de partir parce qu'il avait cessé de grandir.

Ouzbek se sentait arrivé au stade où il risquait de stagner, de se répéter, avant de décliner. Il lui fallait partir en beauté. En majesté.

Il se sentait bien dans ce monastère. Cette vieille bâtisse, avec ses murs gris et épais. Cette sobriété. Cette pureté. Cette absence même de modernité, contrairement à ce qu'on leur avait annoncé. Une demeure pleine de recoins sombres, de portes dérobées qui claquent et tremblent dans la nuit. Il ne manquait que des torches ou des flambeaux, comme dans un château. D'ailleurs, les deux longs couloirs du premier étage étaient comme deux ailes d'une forteresse.

Dans ce monastère battu par les vents, tout était caché, dissimulé, pétri de secrets.

C'était ça le plus rassurant : il pourrait y passer le restant de ses jours sans jamais s'ennuyer.

Ouzbek finit par se décider à bouger de sa chaise. Il se sentait comme un petit vieux, avec son dentier et ses problèmes urinaires. Il venait de se faire opérer de la prostate dans le plus grand secret, mais, par précaution, il avait pris soin d'apporter une bouteille pour pisser dedans. Au cas où.

Une fois dans sa cellule, il ôta son dentier et le mit dans un verre d'eau. Ses lèvres fines s'affaissèrent. Sa bouche se tordit en un pli cruel.

Il tenta de lire quelques lignes de saint Augustin avant d'éteindre la lampe de chevet. Ne trouvant pas le sommeil, il se leva péniblement quelques minutes plus tard et jeta un œil par la fenêtre pour constater que, s'il ne pleuvait plus, on ne distinguait pas encore d'étoiles dans le ciel noir.

Il ne supportait pas la pluie, son ruissellement lui donnait l'impression de pénétrer goutte à goutte dans son cœur comme de minuscules aiguilles.

Le spleen qui lui étreignait le cœur se dissipait partiellement à la faveur de la nuit. Un spleen baudelairien, bien entendu, mais qui s'apparentait à un supplice chinois. Fait de solitude, de compassion, d'anxiété, de regrets, de désirs insatisfaits, qu'il aurait pu difficilement décrire. Souvent il lui semblait qu'un poids écrasait inexorablement son cœur, et c'était ce poids qui le contraignait à écrire.

En contrebas une petite musique de bal monta jusqu'à sa fenêtre. Elle provenait de la maison de retraite voisine. Il remit son dentier et décida d'aller y faire un tour.

Il aimait bien les vieux. La lenteur des vieilles tortues. Et surtout leur sagesse. Leur philosophie de vie. Ces hommes et femmes-là n'avaient plus rien à perdre. Ils parlaient vrai. Baisaient cru. Sans fard, puisqu'ils ne tablaient plus sur leur physique. Ils étaient enfin eux-mêmes. Et parfois, c'était beau à voir.

En arrivant à la porte de sortie du monastère, Michel Ouzbek s'aperçut qu'il avait oublié sa clé – qui était censée fonctionner pour tout le couvent – sur la porte de sa cellule. Mais le large ventail du monastère était mal fermé, et par flemme de remonter dans les étages, il décida de le tirer derrière lui, en le laissant entrebâillé, pour pouvoir rentrer à son retour. Ce serait un acte manqué réussi… Si la porte claquait, il serait enfermé dehors.

Michel Ouzbek n'eut qu'à enjamber un muret pour rejoindre les anciens logés de l'autre côté d'une passerelle. Ce ne fut pas facile parce que depuis son opération de la hanche, réalisée dans le plus grand secret, elle aussi, il se sentait raide. Sauf là où il aurait fallu, hélas…

Il avait de l'arthrose, et alors ? Son cerveau fonctionnait encore à merveille. Et c'était cet organe qui provoquait l'érection. Ouzbek était donc encore loin de la carte vermeil.

Un fin croissant de lune argenté commençait à poindre dans le ciel lorsqu'il s'invita à la petite sauterie des têtes brûlées de la petite institution, dont certains membres étaient séniles, ou légèrement aliénés.

Ce soir-là, au Temps des cerises, le nom du lieu, ils étaient une bonne dizaine à braver l'interdiction de minuit.

Une étrange assemblée *de freaks*, petits, gros, tordus, maigres, en chaises roulantes et déambulateurs, réunie autour d'un grand récipient de sangria, dansait en se dandinant comme des beatniks sous acide. Certains avaient la bave aux lèvres, d'autres mâchouillaient leur dentier, agrippés à leur canne.

Ouzbek fut chaleureusement accueilli. Il se sentit tout de suite bien parmi les vieillards. Au point d'avoir un flash. La scène lui fit penser à *Vol au-dessus d'un nid de coucou*. Ouzbek eut l'idée de son prochain livre : une partouze dans une maison de retraite. Il l'adapterait lui-même au cinéma.

La sexualité chez les seniors était le sujet tabou par excellence. C'était bon pour lui, ce serait sans doute le premier bouquin exclusivement gérontophile. Il avait déjà le titre : *Extension du dolmen de la pute*.

On allait encore jaser, déblatérer, polémiquer, le traiter de dandy cradingue. Mais il s'en foutait, il avait l'habitude.

Pour mettre les anciens en confiance, il eut l'idée de commencer par leur demander des conseils de vie.

— Si vous pouviez recommencer à zéro, que feriez-vous différemment ?

Jacques et Monique répondirent qu'il fallait profiter du temps présent, et que si c'était à refaire, ils en reprendraient bien une tranche. Marion et Josette ajoutèrent :

— On ignore souvent sa propre beauté personnelle. On manque trop souvent de confiance en soi quand on est jeune. La vie est précieuse, la vie est belle !

Devant tant de fraîcheur et d'enthousiasme, Ouzbek se sentit désarmé. Lui qui ne cessait de « cioraniser » pouvait difficilement ironiser face à des grabataires qui n'avaient plus rien à perdre et pas grand-chose à gagner.

André, le Parigot, confessa qu'il aurait appris le plus de choses possibles et se serait montré plus attentif à ce qui se passait autour de lui. Même pendant la guerre. Surtout pendant la guerre !

— C'était intense, quand j'y repense. Vous ne pouvez pas imaginer ce que c'est que de se prendre des bombes sur la gueule. Votre génération est pourrie gâtée, sur ce plan-là. J'ai vécu de bons moments. En amitié, surtout. C'est ce qu'il y a de plus beau ! L'amour, ça passe. L'amitié, ça reste. J'ai encore un ami de l'école maternelle, rendez-vous compte ! À quatre-vingt-dix balais. On se téléphone souvent.

Cette histoire d'amitié turlupinait Michel. Il songea qu'après tout Belvédère avait toujours été gentil avec lui. D'où venait cette manie qu'il avait de couper les ponts avec ceux qui l'aimaient ? Pourquoi scier systématiquement la branche sur laquelle il était juché ?

— Et moi, pas de mariage ! s'écria Myriam, la Sicilienne, ancienne prof féministe.

Féministe en Sicile, ça ne devait pas être coton, pensa Michel. Il commençait à s'intéresser véritablement à ces petits vieux.

— Il faut faire ce qu'on veut dans la vie. Ne pas s'encombrer d'un mariage : c'est un piège ! Il faut travailler pour être indépendante. Le mariage, c'est la corde au cou. Deux personnes qui se connaissent à peine et qui se lient, quelle horreur ! Vous mesurez combien ?

— Je ne sais plus, je me tasse en vieillissant, répondit Ouzbek.

Josette reprit la parole.

— J'ai préféré laisser faire la vie, laisser couler le flot de la vie. Il ne faut pas avoir peur de la vie.

— Et la mort ? Avez-vous peur de la mort ?

Georgette, que l'écrivain interrogeait du regard, répondit :

— Je suis contente d'être là, mais ma vie ne vaut pas la peine d'être racontée. Si c'était à refaire, j'aurais préféré ne pas naître.

Ouzbek reçut un choc. « J'aurais préféré ne pas… » La phrase lui rappelait le « *I would prefer not to* » du Bartleby de Melville. Cette Georgette l'émouvait. Il en avait les larmes aux yeux.

— Pourquoi dites-vous ça ?

— J'ai une fille qui ne vient jamais me voir.

Elle se mit à pleurer.

— Je me sens si seule…

— La solitude, c'est le pire, répondit Ouzbek sans essayer de la consoler.

— Il faut apprécier le moment présent, intervint Marion. C'est le plus important. Regardez, vous n'êtes pas seule, nous sommes là. Et nous avons la chance de recevoir la visite d'un grand écrivain.

— On vit seul et on meurt seul, confirma Ouzbek en guise de remerciement. Moi-même je vis seul, j'aime rester seul, je voudrais être enfermé et qu'on me nourrisse à travers une grille : foutez-moi en prison ! Au monastère ! On dit que je colporte la mauvaise nouvelle aux gens.

Au nom de quoi devrais-je leur mentir, aux gens ? On va tous crever. On se lève chaque matin pour se coucher le soir. Chaque jour qui passe nous rapproche de la tombe. Tiens, parlez-moi de ce que vous faisiez dans la vie active, comme on dit.

Monique raconta son métier de domestique auprès de gens riches.

— J'ai remarqué que plus ils avaient de l'argent, plus ils avaient des problèmes compliqués : drogue, alcool, adultère, angoisse, dépression. Ils étaient dans l'addiction, à l'argent d'abord.

Mais l'argent compte, tout le monde s'accorda là-dessus.

— Il faut en avoir un minimum pour vivre correctement. Manquer d'argent, c'est un cauchemar.

— Même les mauvaises expériences peuvent servir, affirma Mustafa. Pour ne pas reproduire les mêmes erreurs.

— Il ne faut pas hésiter à prendre la route, dit le Ch'ti en chaise roulante, coiffé d'un chapeau de cow-boy. Je me souviens du jour où j'ai quitté Paris et ma première femme, pour rejoindre le Sud et une nouvelle femme ! J'ai tout envoyé promener et j'ai foncé vers l'amour de ma vie, une Slovène.

— Comme c'est beau ! s'enthousiasma Myriam. André, vous avez volé vers votre futur.

— Il faut garder son âme d'enfant, déclara Lolita.

— Transmettre, ajouta Marion. Aider les jeunes à apprendre.

— Il faut respecter les enfants. Ils n'ont pas demandé à venir au monde. Ils ne doivent pas subir les manquements des grandes personnes.

— La liberté, c'est ce qu'il y a de plus important, insista Myriam la Sicilienne.

— Pour les femmes aussi ? demanda Ouzbek.

— « Les » femmes, ça n'existe pas. Il y a « des » femmes. Vous mesurez combien ?

— La taille du Français moyen, 1,75 mètre, répondit Ouzbek. Avez-vous d'autres conseils de vie à me donner ?

— Celui qui parle ne sait pas. Celui qui sait ne parle pas, lança André.

— Il écrit, peut-être ?... proposa Ouzbek.

— Vous mesurez combien ? répéta Myriam.

— Que pensez-vous de l'euthanasie ? lui répondit Ouzbek.

— C'est vous qu'on va « anesthésier » si vous continuez comme ça, dit Mustafa. Je vois bien que vous ne m'aimez pas.

— Qu'est-ce qui vous faire dire ça ?

— Votre manière de me regarder.

— Je regarde tout le monde comme ça.

— Par en dessous ?

— Non, les yeux mi-clos, comme le Bouddha. Parce que je ne regarde que ce que je veux voir.

— Et si vous restiez avec nous ?

— Pourquoi pas...

Oui, pourquoi pas ? Il serait bien, là, au milieu des personnages de son prochain roman, comme un ethnologue plongé au sein d'une population pour mieux la scruter.

Il resterait le temps nécessaire et partirait ensuite. Avec un peu de chance, certains passeraient de vie à trépas d'ici là, et Ouzbek assisterait au spectacle fascinant de la mort.

21

Yann Moite croule sous les mots

Yann Moite ne croyait plus à la littérature. Mais plutôt que de tenter de relancer une énième fois le *replay* de sa dernière émission télévisée, il profita de se trouver dans la bibliothèque pour en consulter quelques ouvrages.

Un vieux magazine jauni attira son attention. Il s'agissait d'une revue littéraire qui évoquait la transformation du monastère de Saorge en résidence d'écrivains.

Moite eut la surprise d'apprendre que Charles Juliet et Bernard Noël avaient été les premiers auteurs à y séjourner et que Michel Ouzbek était arrivé trop tôt : le monastère était encore en travaux après le départ des derniers franciscains. Un peu comme Michel, pensa Yann Moite. Oui, Ouzbek était encore en travaux début 1990.

À cette époque, Moite était encore lycéen. Dix ans plus tard, il découvrit que ses deux auteurs vivants préférés étaient voisins, rue de la Convention, Paris 15e. Nabini et Ouzbek vivaient quasiment face à face, dans leurs HLM respectives. Nabini, dont il avait copié le phrasé et l'agressivité. Nabini, qui ne savait pas écrire de roman, mais dont il aimait le style célinien.

Puis il était passé à Léon Bloy, Bernanos, Péguy. Des auteurs le moins lus possible de nos jours, histoire de se démarquer. De toute façon, un bon écrivain est un écrivain mort. Ça, c'était la base. Le postulat de départ.

Les livres, eux, continuaient de vivre après la disparition de leurs auteurs, comme s'ils s'affranchissaient de leurs créateurs. Les livres, une fois seuls, menaient leur propre destin. Au moment où Yann Moite se faisait cette réflexion, ceux de la bibliothèque se mirent subitement à bouger, à s'animer d'eux-mêmes, à trembler, à chuter au sol. Une secousse sismique ?

Il voulut s'enfuir mais trouva la porte de la bibliothèque verrouillée de l'extérieur. Paniqué, il courut vers les fenêtres. Des barreaux les griffaient. Que faire ? Il eut l'idée de s'abriter sous la table, comme on lui avait appris à faire en Corée du Nord en cas de séisme. Mais les livres continuaient à tomber, tomber, tomber, comme à Gravelotte, et à s'amonceler autour de lui. Une pluie de livres. Un déluge de livres. Un tsunami de livres.

Sous cet assaut, Yann Moite se retrouva bientôt encerclé par les volumes. Alors une phrase de Cocteau lui traversa l'esprit : « À l'impossible je suis tenu. » Plonger dedans, la tête la première, plonger dans cet océan de livres serait peut-être son salut. Après tout, une œuvre littéraire n'a d'intérêt réel que si elle allie beauté et nécessité. Les livres pourraient lui sauver la vie.

Il aurait chaud, sous les livres, il se sentirait en sécurité.

Le lendemain matin, Amélie Latombe se leva la première pour écrire dans la cuisine. Avant de quitter sa cellule, elle leva les yeux vers la comptine accrochée à la porte.

« Dix grands écrivains s'en furent prendre leur repas,

L'un d'eux mangea à s'en étouffer, il n'en resta plus que neuf… »

C'est horrible, exactement comme hier soir, songea-t-elle. *Et comme dans cette histoire d'Agatha Christie*.

Lorsqu'elle arriva dans la cuisine, elle céda à la perplexité. Les sourcils froncés, le chapeau de travers, elle regardait les figurines au centre de la table. Il y en avait dix, la veille. Ce matin la moitié des statuettes avait disparu. Elle n'en dénombrait plus que cinq !

Elle n'osait pas y croire. Était-ce possible ? Qui avait pu imaginer ce remake macabre ? Elle, en tout cas, ne voulait pas mourir. La mort, c'était pour les autres.

Elle ouvrit la grande porte donnant sur le jardin. La beauté du spectacle lui coupa le souffle. Des écharpes blanches enroulaient la verdoyante montagne, sous le Géant endormi qui ronflait toujours, le ventre offert au ciel grisonnant. De loin, on aurait dit de grands morceaux de coton posés sur de la mousse verte. Le soleil levant caressait la cime des arbres fruitiers par endroits, et le potager tout entier semblait frémir de plaisir. Les oiseaux chantaient leur bonheur d'exister. En installant une table dans l'herbe, sur l'une des sept terrasses du potager, elle disposerait de la plus grande salle à manger au monde, avec vue sur la vallée montagneuse.

Elle se mit pieds nus et marcha au milieu de la flore locale, composée de chardons bleus, de génépi, de gentianes, de lavande, de primevères, d'orchidées, de mimosas et de bleuets. Plus haut poussaient les oliviers et autres arbres fruitiers : abricotiers, figuiers, manguiers, goyaviers, cerisiers, jambrosades, caramboles, grenadiers, combavas : mais c'est le paradis ! se dit-elle en progressant dans le potager, entourée de papillons et survolée par des hirondelles en chasse.

— Bonjour, toi (elle s'adressait au paon) ! Bonjour, les oiseaux !

Elle se prenait pour Blanche-Neige.

Une libellule tournoya légèrement devant elle. Ou bien était-ce un elfe vibrionnant ? Amélie tendit le bras à la vitesse de l'éclair et l'attrapa.

— Oh ! comme tu es mignonne.

Puis elle tourna la tête, à gauche et à droite, pour s'assurer que personne ne l'observait, et l'avala.

Tout en continuant sa promenade jusqu'à l'observatoire, elle se dit que ce qu'il y avait de bien, avec ce monastère, c'est qu'une fois qu'on y était on ne pouvait aller plus loin. On était arrivé à son terme.

Au bout du bout de tout.

Et surtout, on n'avait plus envie d'en partir. Elle comprit soudain qu'elle ne voulait pas quitter cet endroit.

Après son petit déjeuner, pris en solitaire, sur la terrasse, face à un minuscule champ de blé et à la Bendola, Amélie Latombe décida d'aller vérifier si Jean de Moisson allait mieux. Mais plutôt que de monter directement par les escaliers prenant devant le salon, elle décida de s'y rendre par le cloître, afin d'atteindre l'escalier de service et de profiter de cette partie du monastère en silence.

Elle effectua un détour par les toilettes du rez-de-chaussée, situées près de l'entrée de service, côté accueil. Au moment où elle se relevait de la lunette, une vipère passa entre ses jambes. Amélie poussa un cri de surprise mais repris vite ses esprits et posa son chapeau sur le reptile. Elle voulait le capturer pour lui redonner sa liberté à l'extérieur.

Mais la vipère la mordit.

Amélie Latombe aspira le venin et repartit comme si de rien n'était. Elle en avait vu d'autres en Asie. Les scorpions, elle en avait mangé en brochette, par exemple.

Elle parvint au niveau de la bibliothèque, face à la buanderie et, au lieu de continuer jusqu'à la cellule de l'académicien, elle eut envie d'y jeter un œil. Elle tenta d'ouvrir la porte, rencontra une résistance. Quelque chose bloquait, de l'autre côté.

Amélie rassembla toutes ses forces et parvint à entrebâiller suffisamment le battant pour pénétrer dans la pièce.

Elle n'en crut pas ses yeux.

Yann Moite gisait, inanimé, sous un tas de livres, amoncelés sur plus d'un mètre de haut. Elle accourut pour le dégager, mais la tête de l'auteur teigneux était plantée dans les livres, à la manière de celle d'une autruche dans le sable.

Quand elle réussit enfin à le sortir de là, elle constata qu'il avait des pages des *Contes nocturnes* d'Hoffmann enfoncées dans la bouche.

Et que son cœur battait encore.

— Yann ! Yann ! Vous m'entendez ?

Il respirait à peine.

Elle ne put s'empêcher de lire ce qu'il y avait sur les feuilles de papier enfoncées en boule dans la gorge du malheureux.

Il s'agissait d'un extrait de *L'Homme au sable*, l'effrayant Coppélius emportant dans son grand sac les enfants qui ne dorment pas et les donnant à manger à ses rejetons, monstres dotés de becs crochus, quand il ne se livre pas à de ténébreuses expériences où il est question de voler leurs yeux aux enfants. Coppélius est-il un véritable démon, ou existe-t-il une explication rationnelle aux obscurs phénomènes narrés dans le conte ?

Où se trouve la frontière entre imagination et réalité ? Entre réalisme et surnaturel, apparemment.

La vie est un rêve qui peut se transformer en cauchemar éveillé.

E.T.A. Hoffmann avait décidément dynamité le monde imaginaire devenu réel de Yann Moite.

Amélie Latombe n'avait pas suffisamment de force pour transporter seule le corps inanimé. Elle ouvrit en grand les fenêtres à barreaux qui donnaient sur la terrasse, au-dessus de l'entrée principale du monastère, afin qu'il respire mieux, et partit chercher du secours.

Tout en trottinant – courir lui aurait fait perdre son chapeau –, elle pensa qu'après tout crouler sous les livres était le délice de tout écrivain.

Mais qu'en était-il de Jean de Moisson ? Il ne fallait pas l'oublier.

Amélie traversa le long couloir en criant :

— Réveillez-vous ! Au secours ! Yann Moite est blessé !

Lorsqu'elle arriva devant la cellule de Moisson, elle ne put ouvrir la porte, fermée de l'intérieur.

Delphine Végane accourut la première, toute décoiffée, suivie de près par Christine Légo. Toutes trois tentèrent d'enfoncer la porte. Mais rien à faire, ce bois-là était du solide.

Tatiana de Roseray vint à la rescousse. Elle suggéra de se servir d'une chaise comme d'un bélier. Et à quatre, elles finirent par pénétrer dans la cellule.

Ce qu'elles virent les fascina.

Ou plutôt ce qu'elles ne virent pas.

Car il n'y avait personne. La pièce était vide. Ainsi que l'était la chambre, attenante, de Mikonos, dans laquelle elles se précipitèrent ensuite. Ayant dû également enfoncer la porte au passage.

Il fallait appeler la police. Mais comment faire sans réseau ?

— Quelle horreur ! Mais quelle horreur ! se lamenta Tatiana de Roseray. Allons voir si Kathy Podcol est là.

Disparue elle aussi ! C'était impossible !

Et où étaient donc passés les autres, Belvédère et Ouzbek ? Leurs cellules aussi étaient vides. C'était un véritable cauchemar.

— Tirons-nous d'ici ! hurla Christine Légo.

— Non ! Non ! Il faut d'abord s'occuper de Yann Moite, dit Amélie Latombe. Venez avec moi à la bibliothèque.

Delphine Végane ne disait rien mais suivait, comme d'habitude ou presque.

Et Tatiana de Roseray ne se souvenait pas de ce qu'elle avait fait la nuit passée. Elle était somnambule. Ça lui arrivait de temps en temps. Enfant, elle en rigolait. Mais à l'âge adulte, c'était devenu embarrassant.

La dernière fois que ça lui était arrivé, c'était à l'hôpital. Elle s'était promenée cul nu dans les couloirs, au réveil d'une opération. « Mauvaise réaction à l'anesthésie », avaient diagnostiqué les médecins. Elle les avait traités de tous les noms. Et elle en connaissait, des noms d'oiseaux originaux, joliment désuets. Butor ! Maraud ! Faquin ! Mortecouille ! Orchidoclaste ! Boursemolle ! Balayette à caca ! Moule à gaufre ! Pousse-mégot ! Pécore ! Raclure de bidet ! Scaphandrier d'eau de vaisselle ! Sybarite ! Tire-couille ! Tête d'ampoule ! Ventrebleu ! Wisigoth ! Niguedouille ! Nez de bœuf ! Pet de moule ! Crâne d'obus ! Crétin des Alpes ! Fesse d'huître ! Flaque de pus ! Coprolithe ! Foutriquet ! Malandrin ! Malotru ! Gougnafier ! Fesse-Mathieu ! Corne-guidouille ! Anus de poulpe ! Paltoquet ! Jean-Foutre ! Bachibouzouk ! Mais revenons à nos brebis égarées...

Or donc, lorsque les quatre écrivaines ouvrirent la porte de la bibliothèque, elles n'y trouvèrent personne, les fenêtres étaient closes et les livres tous bien à leur place.

Je deviens folle ou quoi ? se demanda Latombe.

— Il était là, je vous jure ! Sous les livres. Et j'avais laissé les fenêtres grandes ouvertes.

— C'est cela, oui, ironisa Christine Légo. Allons petit-déjeuner, nous y verrons plus clair le ventre plein. De toute façon, j'ai bien peur que nous soyons tous enfermés ici : j'ai voulu sortir acheter des croissants ce matin au réveil, toutes les portes d'accès sur l'extérieur sont verrouillées. Impossible d'en ouvrir une seule avec la clé qu'on m'a donnée. Et si on ajoute à ça tous ces barreaux aux fenêtres...

Chacune testa la sienne. Aucune n'ouvrit la lourde porte du monastère.

On leur avait pourtant assuré que leur sésame servait aussi bien pour l'entrée que pour leur chambre.

Mais pas question de songer à partir, apparemment.

— Escaladons les murs, proposa Tatiana de Roseray.

— Trop haut, j'ai déjà vérifié, répondit Latombe.

— Utilisons une échelle, suggéra Christine Légo.

— Il doit y en avoir une dans l'atelier des jardiniers, dit Delphine Végane, qui semblait se réveiller d'un mauvais rêve. Les abris de jardin, c'est mon truc !

— Mangeons d'abord, insista Légo. Il me faut mon café, sinon je suis incapable de faire quoi que ce soit.

— Pour moi, ce sera du thé vert, déclara Roseray.

Amélie Latombe avait déjà mangé. Elle préféra mener sa petite enquête de son côté et décida d'explorer la bâtisse de fond en comble, à l'affût du moindre indice. Tout en sachant fort bien qu'elle ne connaissait pas l'objet de sa quête. N'était-ce pas au fond le point commun entre la littérature et la foi religieuse ? Trouver ce qu'on n'a pas cherché.

Elle avait bien l'intention de toucher la vérité au plus près.

Ayant vérifié qu'elle était bien seule et que personne ne pouvait l'entendre dans ces couloirs à l'acoustique exceptionnelle, au point d'avoir l'impression de souffrir d'acouphènes, elle murmura :

— Vous m'entendez ? Qu'avez-vous fait de mes collègues écrivains, mister Wilde ?

Pas de réponse

— Monsieur le poète aux cheveux les plus courts du monde, alors... Champion ?... Nc leur faites pas de mal, cher Arthur Cravan, je vous en conjure. Ils ne savent pas ce qu'ils font. Je suis certaine que vous êtes doux comme une chauve-souris.

Pas plus de succès.

Se rendant compte qu'elle parlait toute seule, Amélie Latombe rajusta son chapeau et descendit dans la crypte.

22

Amélie mène l'enquête

Ces disparitions inexpliquées lui rappelaient *Le Mystère de la chambre jaune*, de Gaston Leroux, qu'elle trouvait très réussi. Mais Amélie Latombe se voyait davantage en Hercule Poirot qu'en Rouletabille. Rapport au chapeau, toujours.

Des galeries inexplicables, ça ne manquait sans doute pas au monastère, se dit-elle.

En farfouillant dans la grande chapelle, elle découvrit qu'un passage menait de la chaire au premier étage du monastère. Elle redescendit, passa à la sacristie, où les moines rangeaient les ornements liturgiques et les objets de culte, puis au chœur, où, à l'abri des regards derrière le haut retable, ils se réunissaient pour chanter et lire les textes sacrés.

Elle avisa des traces de pas sous le lutrin.

Ils menaient à une trappe.

Elle traversa la nef pour se diriger vers le Christ gisant, criant de vérité – c'en était troublant de le voir aussi réaliste –, dans un reposoir creusé à même le sol.

Latombe remarqua une cavité sous le corps du fils de Dieu.

Décidément, ce monastère était truffé de cachettes. Il recelait sûrement des tombeaux enfouis, elle le sentait, et peut-être des portes dérobées dans les confessionnaux. Qu'elle fouilla un à un, sous les yeux de saint Joseph, impassible.

Chou blanc.

Elle entendit du bruit au premier étage, remonta à la bibliothèque au pas de course, passa la porte et remarqua qu'il y avait encore eu du changement.

Du mouvement plutôt.

Sur la table, en plein centre, se trouvait un tome d'anthologie des poèmes d'Aragon, ouvert à la page VIII.

Elle lut. C'était un extrait des *Adieux et autres poèmes*.

« *J'ai mis la main dans la main de la Mort*
Il fallait bien fallait bien fallait bien
Depuis ce jour c'est moi que la Mort tient
Fort par la main par la main par la main

J'ai mis la main dans la main de la Mort
Mais je la tiens autant qu'elle me tient
Et ses doigts d'os craquent entre les miens
Quand je m'endors m'endors m'endors m'endors

Ô belle Mort quand nous unit la nuit
Je vois tes yeux à mes yeux qui ressemblent

Et plus qu'à moi comme le cœur te tremble
Quand nous dormons toutes les deux ensemble

Ô belle Nuit belle Nuit belle Nuit
Je vois tes dents à mes dents qui ressemblent
Et de nous deux laquelle plus fort tremble
Et de nous deux laquelle l'autre fuit

Depuis toujours attendant la relève
Tu t'en allais blanche et noire ma Nuit
Prête toujours à celle qui te suit
D'abandonner ta faux contre son rêve

Tu t'en allais blanche et noire portant
Ce faix promis à la reine suivante
Tu t'en allais et qu'il pleuve ou qu'il vente
Tu me cherchais dans la couleur du temps

Bien me voici tu vas dormir ma chère
À ton chevet je vais tenir ta faux
Et que mes doigts abandonnent s'il faut
À tes doigts d'os cette chair de ma chair

Comme jamais s'il ne fût de moi mort
C'est lui mon cœur qui tremble entre mes doigts
C'est lui c'est lui que je veille et non toi
Mon seul amour mon unique remords. »

C'était beau, mais Amélie se demanda ce que ce poème fichait là. Y avait-il un rapport avec Yann Moite ?

Si c'était le cas, c'était sans nul doute un message à son adresse. Mais délivré par qui ? Quel était le rapport entre Aragon et Moite ? Ou plutôt entre Moite et la mort ? Son dernier livre, peut-être ?

Un autre vers d'Aragon lui revint en mémoire :

> « *Demain ce n'est qu'un sou jeté sur le comptoir*
> *Ce qu'on peut à vingt ans se raconter d'histoires.* »

Yann Moite était-il resté fidèle au jeune homme plein d'espérances qu'il avait été ? Et elle-même, avait-elle atteint ses objectifs ? La réponse était simple, à cet âge, elle n'en avait pas.

Tout semblait cadré d'avance : un bon mariage ou une carrière dans la diplomatie. En ce sens, elle avait exprimé son libre-arbitre en changeant d'aiguillage.

Mais l'avait-elle vraiment choisi ?

Il lui semblait que la littérature l'avait choisie, et non l'inverse. Ou tout au moins l'écriture. L'écriture l'avait happée.

Soudain mélancolique, se sentant oppressée, comme en apnée, elle mit le nez à la fenêtre restée ouverte. Le vent avait fraîchi. De petites crêtes blanches apparaissaient au sommet des montagnes. On ne voyait pas Saorge mais seulement les collines surplombant le village, éperon de roche brune qui dissimulait la rivière.

On se croirait au Tibet, pensa-t-elle.

Amélie Latombe regarda sur la droite et constata qu'une terrasse menait au fronton de l'église. Mais aucune porte ne donnait sur cette esplanade et il y avait des barreaux aux fenêtres de la bibliothèque. Yann Moite n'aurait pu y accéder qu'en les sciant.

À moins qu'un des ouvrages déclenche un système d'ouverture, comme elle l'avait vu dans tant de films.

Elle se mit à parcourir les vieux rayonnages, cherchant une tranche de livre susceptible de…

Elle n'osait y croire : il était là, sous ses yeux, *Le Livre des passages*, par le maître architecte Vénoncius. C'était sûrement un coup pour rien mais elle s'empara de l'ouvrage et l'ouvrit. Un extrait, intitulé « La Bibliothèque princière », attira son attention :

> *« Un pan de la bibliothèque rempli de livres se déplace, libérant un passage secret, mais le plus important ici est de voir le système utilisé pour libérer le passage secret… Il s'agit de cinq livres d'un même auteur numérotés de I à V mais, contrairement aux autres livres, tous rangés par ordre numérique de la droite vers la gauche. Comme tout dans ce pays, ils doivent l'être de la gauche vers la droite. Une fois les cinq livres bien placés, une serrure apparaît magiquement et lorsqu'on insère la clé d'ambre dedans, le pan de la bibliothèque se sépare du reste en pivotant. »*

Une heure durant, Amélie Latombe chercha des livres arabes ou japonais, tout ce qui pouvait se lire de droite à gauche. Il y avait bien Kawabata, Mishima et l'inévitable Murakami, mais rien d'autre. Elle chercha de la littérature arabe. Le Coran, Khadra, Ben Jelloul, Boudjedra, Djebar,

Mimouni, Sansal, Daoud, Yacine. Une fois encore, elle fit chou blanc.

Elle mélangea arabes et japonais.

Rien n'y fit.

Elle pensa à placer les écrivains fascistes, Brasillach, Drieu La Rochelle, Rebatet, aux côtés des gauchistes, Sartre en tête. Mais Céline ne trouvait pas sa place. Anarchiste de droite antisémite, ça ne lui parlait pas.

Camus non plus, elle ne savait pas où le placer. Résolument à gauche, bien sûr, mais du côté des anars ? Avec Proudhon et Octave Mirbeau ? C'était absurde.

Ah ! *Le jardin des supplices*. Elle s'égarait.

Et Ezra Pound ? Avec les poètes ou les fascistes ? Kessel, Hemingway, de gauche ? Comme Dos Passos et Orwell. Lui était trotskiste.

BHL ! Non, ce n'était pas un écrivain. À peine un philosophe. Michel Effraie, Régis Debruy, Clément Fosset, Michel Steres. Elle l'aimait bien, celui-là, avec son accent chantant et ses coups de gueule mémorables.

Edgar Marin aussi. Ah ! non, pas Alain Boudiou !

Et merde ! Latombe commençait à avoir la migraine. Elle avait passé l'âge de s'adonner aux jeux d'énigmes et autres casse-têtes chinois.

Elle baissa les bras.

Avant de remarquer que l'ordinateur portable de Yann Moite était resté allumé, bien que fermé.

Elle l'ouvrit.

L'écran était brisé.

Elle s'imagina un instant que... Mais non, ce n'était pas possible. Une tête humaine pouvait traverser l'écran, mais pas un corps. Elle se souvint alors des *Chevalier Ardent*, une série de bandes dessinées qu'elle lisait fin des années 1970, début des années 1980. Dans une des aventures, le héros s'échappait d'un cachot après avoir réussi à passer la tête dans l'ouverture. Son argument était le suivant : si ma tête peut passer, le reste de mon corps aussi. Or Yann Moite avait la grosse tête !

D'après le souvenir d'Amélie, Chevalier Ardent s'était enduit d'une sorte de graisse. Tout ça pour retrouver la princesse Gwendoline. C'était lui le prisonnier du donjon, les rôles étaient inversés. Latombe aimait déjà ça à l'époque.

On était samedi. Le village était morne et désert. Aucun bruit ne lui parvenait de l'extérieur, à part une tronçonneuse et des aboiements au loin.

L'homme qui nous a amenés ici avait l'air d'un brave homme, se dit-elle. Je ne comprends pas qu'il ne vienne pas voir si tout va bien.

— Francesco ! Francesco ! Vous m'entendez ? cria-t-elle auvent.

Pas de réponse. Il devait loger loin du monastère.

Il ne lui restait plus qu'à espérer que des touristes ou des villageois montent jusque-là.

C'est alors qu'elle entendit un engin à moteur – moto ou quad – grimper le sentier pédestre.

Elle s'égosilla à travers la fenêtre à barreaux, mais le rugissement du moteur empêcha le pilote de l'entendre.

En attendant l'hypothétique retour de Francesco, autant rejoindre les écrivaines encore présentes.

23

Trois cloches au sommet

Tatiana de Roseray avait dû grimper jusqu'au clocher pour retrouver Kathy Podcol, occupée à guetter l'arrivée de leur sauveur potentiel.

L'accès au clocher est on ne peut plus aisé. Il suffit d'emprunter une petite échelle et de soulever une trappe. Encore faut-il savoir qu'on y accède par la galerie du premier étage et ne pas avoir peur de Dracula. Car les chauves-souris ont fait des combles leur dortoir, depuis des lustres, suspendues à des poutres enchevêtrées qui leur servent de perchoir.

L'espace n'est pas large et il faut se tenir serrés, tête baissée, pour tenir à deux sous la cloche rouillée, rarement utilisée depuis la Révolution. Période durant laquelle le clocher n'a pas été endommagé. Ce sont les intempéries qui ont causé le plus de dégâts au fil du temps.

Reste qu'une fois au sommet du monastère, la vue est superbe.

— Katia, tu es là ! s'exclama Tatiana. J'ai eu peur. J'ai cru que tu avais disparu toi aussi. Je t'ai cherchée partout. Comment as-tu eu le courage de monter jusqu'ici ?

— Je ne sais pas.

— Comment ça, tu ne sais pas ? Tu as un drôle de regard. Tu vas bien ?

Kathy se plaignit d'une douleur au pied. Sans avouer qu'elle luttait en son for intérieur contre un sentiment de panique grandissant.

— J'ai dû avoir une crise de somnambulisme. Je ne me souviens de rien. Je ne sais pas ce que je fais ici.

— De rien ! Vraiment ? De toute la nuit ? demanda Tatiana, déçue – et troublée que toutes deux partagent les mêmes problèmes de sommeil.

Keep cool, se disait Kathy Podcol. *Tu as passé ta vie à écrire des histoires destinées à faire rêver tes lectrices. Et il t'arrive enfin quelque chose d'intense dans la vraie vie. D'insensé mais d'intense. À quoi Roseray fait-elle allusion avec son « de toute la nuit » ? C'était un fantasme mais... je la connais à peine. Oh ! mon Dieu. Garde ton sang-froid, ma vieille, garde ton sang-froid.*

Au bout d'un moment, elle dit tout haut :

— Je donnerais un orteil pour qu'il arrive. Lui seul peut nous sortir d'ici.

— Qui donc ?

— Francesco.

— Le prince charmant à talkie-walkie, avec ses rouflaquettes ? Tu plaisantes !

— Je le trouve très beau....

— Faut aimer les bruns des années 1970. Et les obsédés de la quéquette.

— Tu exagères. Il a le mérite d'être clair et direct.

— Ah ! ça, pour être direct... À part ça, Kathy, ne vois-tu rien venir ?

— Pas âme qui vive ! À croire qu'il n'y a personne dans cette foutue vallée.

— Mais pourquoi un orteil, disais-tu ?

— J'ai horreur de mes pieds.

— Quelle drôle d'idée.

— Ils me font toujours mal.

— Ils sont mignons, tes pieds. On dirait ceux de Cendrillon.

— Justement, ils sont trop petits. Comme ceux d'un enfant.

— Celui-ci est tout bleu.

— Une piqûre de scorpion sans doute. Ça va passer... j'espère.

— J'ai envie de partir d'ici.

— Tu n'es pas la seule. Je me sens mal depuis hier soir.

— Pauvre Jean de Moisson ! Tu crois qu'il... Tout ça est tellement étrange, tellement incompréhensible. Je m'en veux d'avoir accepté de venir.

— Moi aussi, j'ai accepté par erreur cette invitation.

— Mais au fait... si de Moisson et David Mikonos ont disparu, c'est peut-être qu'ils sont vivants ?

— Ils forment un beau couple, tous les deux, tu ne trouves pas ? Comme nous.

— Ah ! Tu ne vas pas te mettre à plaisanter, toi aussi ! protesta Tatiana qui éprouvait de vrais sentiments pour Podcol.

— Que faire d'autre ? Je ne te plais plus ? demanda Kathy en se rapprochant d'elle.

— Si, bien sûr mais... Mais cette matinée m'a refroidie.

— Ce n'est pas ce que tu disais cette nuit.

— Ah ! Tu te rappelles, finalement ?

— Des bribes viennent de me revenir. Embrasse-moi.

— Hum hum..., fit une voix juste à leurs pieds.

Amélie Latombe venait de les trouver. Debout sur l'échelle, la tête dépassant de la trappe, elle semblait plutôt embarrassée.

— Je vous cherchais... Avez-vous vu Végane et Légo ?

— Non, nous les croyions en votre compagnie, répondit Tatiana. Du nouveau, de votre côté ?

— Les hommes se sont littéralement volatilisés ! Plus aucune trace d'eux.

— Ça fait longtemps. Il n'y a plus d'hommes, c'est bien connu.

— Vous exagérez.

— Vraiment ? Mikonos, vous le trouvez viril ? demanda Podcol. De Moisson... il est si petit, si léger ! Et je ne vous parle pas d'Ouzbek. Berk ! Moite, on dirait un singe, Belvédère un dégénéré.

Bon débarras ! Il n'y a que Francesco qui ressemble à un vrai mâle.

— Il est pas mal, mais il parle trop, commenta Roseray.

— S'il assure au lit, il peut toujours causer, répliqua Podcol.

Les deux gloussèrent.

— Nous nous égarons, mesdames, les reprit Amélie Latombe. Il serait sage de songer à quitter ce monastère avant de disparaître comme les autres.

— Regardez ! cria Podcol. Un hélicoptère. Nous sommes sauvées !

— Il ne fait pas de bruit, c'est étrange tout de même, remarqua Roseray.

— Forcément, c'est un drone, expliqua Latombe. Fausse alerte. Illusion d'optique. Mais c'est rassurant, ça veut dire qu'il y a un être humain en bas. Il faudrait savoir qui le téléguide. Voyez-vous quelque chose ?

Ni Kathy ni Tatiana ne voyaient qui que ce fût. Tout ce qu'elles voyaient, c'était l'ancienne église paroissiale de la *Madone del Poggio*, à un kilomètre à peine à vol d'oiseau, au sud du village, avec son clocher lombard haut de trente mètres.

L'espace, dans leur clocher à elles, était beaucoup trop petit pour continuer à discuter à trois. Les écrivaines descendirent, en prenant grand soin de ne pas réveiller les chauves-souris.

Sache que ton péché te rattrapera, se disait Podcol. Sache que ton péché te rattrapera.

Les trois femmes se regroupèrent dans la cuisine pour préparer un thé et décider de ce qu'elles allaient faire.

Delphine Végane était partie vers l'abri de jardin, à la recherche d'une échelle.

Mais où était donc passée Christine Légo ?

24

Esprit, es-tu las ?

Dans la cuisine, Amélie Latombe décida de ne pas attendre Delphine Végane ni Christine Légo pour résumer ses conclusions à Kathy Podcol et Tatiana de Roseray.

— Je dois avouer que j'ai l'esprit ralenti par ma cuite d'hier soir. Aussi j'irai droit au but. Nous avons tous et toutes été invités par un mystérieux milliardaire qui se fait appeler Un Cognito. Aujourd'hui samedi, il n'est toujours pas apparu et je doute que nous le voyions de tout le week-end. Le modérateur, Augustin Traquenard, nous a lâchés dès vendredi soir. La médium, Patricia Barrée, est rentrée chez elle, comme le guide Francesco. Les portes sont fermées à clé, nos téléphones ne fonctionnent pas faute de réseau. Il fait un temps pourri – l'orage menace à nouveau – et les cinq hommes ont disparu. Tout comme cinq des figurines en bois qui trônaient sur cette table hier soir encore, à la manière du roman de qui vous savez. Je note que Jean de Moisson respirait encore quand nous l'avons vu pour la dernière fois. Je doute qu'il ait été empoisonné par de l'arsenic ou je ne sais quoi. Nous l'avons tous vu se bâfrer de ce gâteau au chocolat comme si sa vie en dépendait. Et il n'a pas été le seul à en manger. Donc la cuisinière est hors de cause. Tout ça pour dire qu'il n'y a probablement pas mort d'homme, pour le moment, puisqu'il n'y a pas de cadavres. Reste un mystère : où sont-ils donc tous passés ? Et une question : que se passe-t-il dans ce monastère ?

— Je penche pour une caméra cachée, dit Tatiana de Roseray. Yann Moite avait raison. D'ailleurs, ils doivent tous être dans le coup, ces cons, mon éditeur s'est laissé piéger une fois de plus.

— Vous oubliez que la voix vous a suggéré d'en changer, d'éditeur, objecta Kathy Podcol.

— Je ne comprends pas pourquoi elle dit ça. Je n'ai jamais eu à me plaindre de lui, enfin !

— Il ne s'agit peut-être pas de lui, mais de sa femme. N'est-ce pas la fille de Jean de Moisson ?

— Si, et alors ? C'est un procès d'intention. Vraiment, je ne vois pas où est le problème.

— Ce n'est effectivement pas le problème qui nous occupe actuellement, les coupa Latombe. J'ai bien regardé partout. Je ne vois pas où les caméras pourraient être camouflées.

— Alors nous avons affaire à un véritable fou, conclut Roseray.

Podcol pâlit.

— Et si nous demandions son avis à Oscar Wilde ? proposa Delphine Végane.

Elle venait d'ouvrir la porte donnant sur le jardin, chargée d'un escabeau en aluminium.

— Vous avez trouvé une échelle ? demanda Kathy.

— Un escabeau, vous voyez bien. Je doute que cela suffise pour escalader ces murs de trois mètres au moins.

— Il y a bien une échelle dans le clocher mais elle est trop courte aussi pour franchir les murs du monastère, soupira Tatiana. Il nous reste les grilles du jardin, côté Bendola, que nous pourrions escalader, mais...

— ... il y a des chiens enragés derrière ! dit Delphine Végane. Vous n'y pensez pas. Ils appartiennent à une certaine Violette, la punk du village.

— Comment savez-vous ça ? interrogea Podcol, stupéfaite.

— C'est mon petit doigt qui me l'a dit.

— Vous êtes toujours comme ça, ou c'est l'air du monastère qui vous fait ça ? la questionna de Roseray.

— Je sais que je semble toujours ailleurs..., répondit Végane. Mais il ne faut pas s'y tromper, j'ai mes antennes et j'écoute. Trop même. Je souffre d'hyperacousie : j'arrive à entendre le bruit des pattes d'une araignée... C'est comme ça que je suis au courant pour les chiens, et cette Violette, on n'entend qu'elle, sa voix résonne dans toute la vallée.

— Appelons-la. Ou empoisonnons ses chiens, proposa Latombe.

— Hors de question. Vous plaisantez j'espère, protesta Kathy Podcol. Je suis membre de la SPA.

— Je crois qu'elle est sourde, dit Delphine. C'est pour ça qu'elle parle si fort. Le rock joué très fort, ce n'est pas bon pour les tympans.

— Il reste donc l'option « zarbie », comme nous le suggère, à sa manière toute particulière, cette chère Delphine, reprit Latombe. J'ai déjà essayé de m'adresser discrètement à Oscar Wilde, figurez-vous. Au risque de passer pour une folle. Et il ne m'a pas répondu.

— Appelons son neveu, suggéra Kathy.

— Cet Arthur Cravan ne m'inspire guère confiance, avoua Tatiana.

— Ne le fâchez pas ! Ses cheveux sont courts mais il est grand. Il pourrait nous faire la courte échelle, dit Podcol.

— Vous dites n'importe quoi, éructa Christine Légo, qui venait de faire son apparition, les cheveux tout mouillés. J'ai entendu votre conversation dans la salle de bains, juste au-dessus. On entend tout ici, pas besoin de souffrir d'acouphènes.

— Pourquoi affirmez-vous que je dis n'importe quoi ? demanda Kathy.

— Oui, pourquoi êtes-vous toujours si agressive ? surenchérit Tatiana.

— Parce que communiquer avec les morts est impossible ! Ça se saurait sinon !

— Mais ça se sait. Il y a de nombreux témoignages. La médium avait raison.

— Vous êtes du genre à croire aux anges gardiens.

— Évidemment que j'y crois. Le mien m'a déjà sauvé la vie lors d'une grave opération.

— Ben voyons.

— Des êtres de lumière, un être spirituel, expliqua Podcol, les larmes aux yeux. Appelons-les comme nous voulons. Mais ils existent. J'ai fait une embolie pulmonaire… je vous épargne les détails.

— Oui, s'il vous plaît, grommela Christine.

— Par télépathie il m'a dit : « Je t'ai entendue. Ta vie n'est pas comme elle devrait être. » Alors que j'étais en train de partir, flottant au-dessus de la table d'opération, apercevant la lumière blanche, si apaisante, je me suis soudain retrouvée dans mon corps.

— N'importe quoi ! répéta Légo. Vous n'auriez pas dû revenir, surtout dans ce corps, ça nous aurait fait des vacances.

Kathy Podcol se mit à sangloter, sous les yeux de Delphine Végane et d'Amélie Latombe, effarées, percevant l'électricité qui venait d'envahir la pièce.

Car les yeux de Tatiana lançaient des éclairs. Elle s'empara d'une poêle en fonte accrochée au mur et lança à Christine Légo :

— Traquenard avait raison, vous êtes littéralement imbuvable !

— Ici et maintenant, je vous emmerde.

— Répétez un peu, pour voir ?

— Je vous em…

Chbong !

Tatiana de Roseray venait de cogner la tête de Légo d'un coup droit lifté, lui coupant la chique aussi sec.

— Bien joué, commenta Delphine Végane. Cette gorgone n'a eu que ce qu'elle méritait.

— J'espère que vous ne l'avez pas tuée, au moins, dit Latombe tout en portant secours à la blessée.

— Mais non, elle est juste sonnée. Sa tête est dure, croyez-moi.

Latombe mouilla un torchon et le plaça sur le front de Légo, avant d'aller chercher un pansement dans la pharmacie.

— Tatiana, la violence n'a jamais rien résolu intelligemment.

— Ses mots sont bien plus violents. Une bonne claque, ça réveille.

— Pas avec une poêle, voyons !

— Elle a dit « ici et maintenant »…, intervint Végane. C'est la signature du poète aux cheveux les plus courts du monde.

— Arthur Cravan, bien sûr ! s'écria Latombe. Arthur, si vous êtes encore là, frappez. Enfin, non… Faites bouger ce bouquet de fleurs posé sur la table, là.

Les roses tremblèrent.

— Je le savais ! hurla Kathy Podcol. Ce qu'on dit des entités est vrai.

— Sauf que lui n'est pas un ange, loin de là. Arthur, passez-moi votre oncle.

Les roses bougèrent de nouveau.

— Fermez les deux portes, ordonna Amélie Latombe. Que l'on soit bien certaines que ce n'est pas un courant d'air.

Les roses cessèrent de remuer.

— Je sens que vous êtes là, Arthur. Qu'attendez-vous de nous ?

Delphine, Tatiana et Kathy étaient à l'unisson avec Amélie, l'oreille attentive, toutes penchées au-dessus du corps inanimé de Christine Légo.

L'orage grondait, côté italien. Dans les bras de Latombe, Christine Légo ouvrit la bouche et, les yeux révulsés, d'une drôle de voix grave, prononça ces mots :

— Ce n'est pas votre heure.

— Que voulez-vous dire ? demanda Amélie en secouant Légo, dont la nuque était de plus en plus lâche et commençait à tourner sur elle-même.

— On dirait la petite fille de *L'Exorciste*, murmura Delphine Végane, horrifiée.

— Quittez ce monastère avant qu'il ne vous expulse comme les autres, reprit la nouvelle voix de Légo.

— Mais on ne demande que ça ! La grosse porte est fermée à clé et… Attendez, qui ça, « il » ?

— C'est F… F… Fuyez ! Fuyez, vous dis-je !

Ces dames ne se le firent pas dire trois fois. Elles déguerpirent de la cuisine à grande vitesse côté jardin, laissant Légo toute raide sur le carrelage.

Puis elles décidèrent de se séparer en deux groupes de deux – Kathy et Tatiana, Delphine et Amélie pour prospecter les sept terrasses cultivées, en quête d'une possible sortie par l'arrière du monastère.

Le ciel était bas et gris. Carrément noir charbon par endroits. Brun-verdâtre du côté des collines arrondies. Le vent frottait les arbustes comme pour les brosser de force. On entendait le tonnerre se rapprocher, mais il ne pleuvait pas encore.

Latombe et Végane s'attardèrent dans le potager, qui faisait face aux falaises, côté ouest.

Podcol et Roseray restèrent à l'est de la Bendola, près du canyon.

Sous les yeux du Géant endormi qui menaçait de se réveiller.

25

Le jeu de la mort

À elles quatre, les femmes ratissèrent toutes les terrasses du jardin, depuis le potager, situé en bas, jusqu'aux trois bassins, destinés aux réserves d'eau (en plus de la citerne souterraine dans le cloître), quelques dizaines de mètres plus haut. Des poissons rouges y nageaient tranquillement, sans peur des prédateurs, telles les couleuvres qui s'y glissaient parfois.

Tatiana et Kathy redescendirent par le petit escalier en plein air et croisèrent un crapaud qui avait élu domicile près du garde-manger.

— Encore un prince charmant ! s'exclama Tatiana en prenant à témoin son amie pour la taquiner.

Les écrivaines avaient procédé avec méthode et application. Elles avaient passé le terrain au peigne fin, partant du sommet des terrasses plantées d'arbres fruitiers, pour fouiner jusqu'au bord des grillages, hauts de plusieurs mètres, avec les chiens enragés de Violette qui aboyaient derrière.

Leurs recherches n'avaient permis de débusquer aucune grotte ou autre cavité quelconque, aucun passage souterrain : nul endroit pour se cacher ou dissimuler quelque chose.

L'observatoire était grand ouvert sur le monastère. Pour le reste, il y avait peu d'arbres et très peu d'abris naturels.

De nouveau réunies en bas du jardin, les quatre femmes aboutirent à la même conclusion : la seule manière de sortir de là sans clés était de passer par les airs.

— On pourrait allumer un feu cette nuit, proposa Delphine Végane.

— Comment ça ? se renseigna Amélie Latombe.

— On fout le feu au monastère, quoi ! Dans la cheminée du salon. Les villageois finiront bien par donner l'alerte et les pompiers viendront nous délivrer.

— Décidément, vous êtes plus folle que moi. Ce monastère fait partie des monuments nationaux, enfin. Il dépend du ministère de la Culture !

— Quand j'entends le mot « culture », je sors mon revolver.

— À propos de revolver, l'une d'entre vous posséderait-elle une arme ? demanda Amélie.

— Évidemment, répondit Tatiana. Par les temps qui courent, je ne sors jamais sans ma Kalach' Hermès.

— Et moi ma lime à ongles Louis Vuitton, ajouta Kathy Podcol.

— Quant à moi j'ai un nunchaku dans mon chapeau, figurez-vous. Wadaaa ! Ouuuh ! Iiihaaa !

La démonstration d'Amélie Latombe visait à imiter Bruce Lee, mais elle ressemblait plutôt à Jackie Chan déguisé en femme de Bruce Lee.

— Ce n'est pas avec ça que vous allez faire peur au fantôme du monastère, se désola Podcol.

— Mais je ne compte pas l'effrayer, j'espère le faire rire, au contraire. Pourquoi les fantômes ne riraient-ils pas ? Et pourquoi n'y a-t-il pas de piscine ou de HLM hantées ?

— Parce qu'il faut un lieu propice, habité d'histoire, répondit Roseray.

— Mais les piscines ont des histoires, des histoires de noyés. Et depuis quarante ans, il y en a eu des morts, dans les HLM. De vieillesse ou de maladie, pas seulement de mort violente. Bon, puisqu'on s'amuse comme des folles, faisons une partie de cache-cache.

— Quelle idée saugrenue, dit Podcol. La situation ne s'y prête guère. Je n'en ai aucune envie.

— Et puis, vous n'oubliez pas quelque chose ? demanda Delphine Végane.

Les trois autres s'écrièrent en chœur :

— Christine Légo !

Les écrivaines s'approchèrent lentement de la cuisine. Tatiana et sa Kathy avaient peur et se tenaient en retrait. Amélie demanda alors à Delphine de lui prêter l'escabeau qu'elle portait machinalement depuis un moment. Elle grimpa dessus pour regarder par la fenêtre. Elle ne vit personne, mais la grande table en bois cachait une bonne partie du sol.

— Passons de l'autre côté, par l'intérieur, chuchota Latombe.

— Après vous, Amélie, nous vous suivons, répondit Kathy.

Latombe sortit son nunchaku et prit les devants, suivie de près par Végane, qui progressait l'oreille tendue. Kathy et Tatiana restèrent à deux bons mètres derrière, histoire d'avoir de l'avance en cas de retraite. Elles marchaient d'ailleurs à reculons, déjà prêtes à courir dans la direction opposée.

On ne pouvait ouvrir discrètement la porte en bois, en raison du mécanisme en métal, archaïque. Il fallait tirer la bobinette fichée dans un trou percé dans le mur.

Amélie prit le parti de l'ouvrir d'un coup sec.

La porte claqua contre le vaisselier.

Ce qui provoqua un vacarme assourdissant.

Végane se boucha les oreilles, des dizaines de verres et d'assiettes en porcelaine se brisèrent au sol.

Sur lequel ne subsistait plus aucune trace de Christine Légo.

Elle s'était volatilisée.

À l'instar des cinq autres grands écrivains.

Soudain, un violent coup de tonnerre éclata au-dessus du monastère.

La vaisselle trembla à nouveau. Et la bobinette chut. Une partie du loquet de fermeture de la porte, côté couloir, tomba sur le carrelage, dont un carreau était déplacé.

Amélie Latombe eut une révélation.

— Et s'il y avait une trappe dans la cellule de Jean de Moisson ? Ça expliquerait sa disparition, comme celle de David Mikonos.

Elle bondit sur ses pattes et partit en courant pour gravir quatre à quatre les marches qui menaient au premier.

Delphine Végane fut la seule à réagir assez vite pour la suivre. Les deux autres n'eurent pas le courage de remonter et préférèrent se préparer un autre thé.

Lorsque Delphine arriva dans la cellule que Jean de Moisson avait occupée, Latombe n'y était pas. Son chapeau trônait pourtant sur le lit.

Végane courut inspecter la chambre 13, tant redoutée par Mikonos et toujours aussi vide. Cette fois, même le sac de voyage de l'écrivain avait disparu.

C'est nouveau, ça, se dit-elle. *Quelqu'un se fout de nous, ma parole !*

Puis elle alla visiter la 7, à l'angle, en bout de couloir, que la Suissesse avait réclamée avec insistance.

Encore une fois, rien ni personne. Et tous les bagages avaient disparu également. C'en était trop. Quelqu'un, dans ce monastère, cherchait à les faire tourner en bourrique.

Delphine Végane poussa alors un cri aigu, « Hiiii ! », qui réveilla les chauves-souris du clocher. Les bestioles se réveillèrent, paniquées, et s'enfuirent se réfugier dans la cuisine, qui résonna aussitôt des hurlements de Podcol et de Roseray, « Aaaah ! » Et le paon crut bon de répondre, « Ouuuuh ! »

Un nouveau coup de tonnerre ponctua l'ensemble.

Puis le calme revint.

Delphine Végane courut chercher des boules Quies dans sa valise. Qui avait elle aussi disparu.

Alors qu'Amélie Latombe, elle, venait de réapparaître, dans la cuisine. Enfin, seulement ses yeux. Côté réfectoire, elle regardait par la petite fenêtre rectangulaire placée en œilleton au-dessus de l'ancien passe-plat. Ce qui effraya évidemment une nouvelle fois Kathy et Tatiana. « Aaaah ! » Mais, reconnaissant leur camarade, elles exprimèrent aussitôt leur joie. « Hip, hip, hip ! Hourraahh ! »

Delphine Végane n'en pouvait plus de ce bruit. De ces cris. Elle devait s'isoler. Retrouver le calme. Loin du tumulte et du bruit des autres.

Les gens. Les autres... Elle les avait en horreur, tout en étant fascinée par eux. L'envers des autres l'intéressait. C'est pour ça qu'elle écrivait. En les étudiant, elle apprenait à les connaître pour mieux vivre avec eux. Donc à vivre avec elle-même.

Tout le contraire de Christine Légo, pensa-t-elle. Légo, à force d'écrire sur elle-même, se détachait des gens.

Cette femme fatiguait Delphine, mais aujourd'hui elles étaient dans la même galère.

Elle savait maintenant que si elle restait seule, elle risquait de disparaître à son tour…

Elle avait du mal à imaginer le monde sans elle.

Pas les autres.

26

Le bout du tunnel

Tout en saucissonnant à nouveau dans la cuisine, Amélie Latombe fit le récit de sa récente découverte à ses camarades. Delphine Végane les avait rejointes

— Ce monastère étant truffé de trappes, j'ai pensé qu'il devait y en avoir une dans la cellule de Jean de Moisson. Et c'était le cas. Sous son lit ! Un tunnel mène jusqu'au réfectoire. Exactement là où a eu lieu notre rencontre littéraire hier soir, et accessoirement la brouille entre Augustin Traquenard et Christine Légo. Une fois dans le réfectoire, je n'ai eu qu'à ouvrir la porte qui donne sur le couloir longeant la cuisine, et j'ai vu le passe-plat. Au-dessus il y a cet espace rectangulaire avec une vitre. J'ai regardé dans la cuisine, et vous avez crié. Ce que je peux comprendre, vu les circonstances.

— Mon cœur a manqué un battement, confessa Kathy Podcol.

— Et moi j'ai failli faire dans ma culotte, confirma Tatiana de Roseray. Dites donc, vous avez de gros yeux ! On n'a pas l'habitude de les voir sans votre chap...

— Mon chapeau ! s'écria Latombe. Il faut que j'aille le récupérer. Je l'ai laissé là-haut, dans la cellule de Moisson. Il est bien trop grand, je ne pouvais pas ramper dans le tunnel avec.

— De grâce, n'y allez pas, restez ici avec nous, la supplia Podcol. Vous êtes très bien même sans votre chapeau, je vous assure.

— C'est que... Je me sens toute nue sans lui.

— Restez donc à poil, lâcha Tatiana. Allez, nous irons chercher votre chapeau ensemble après le déjeuner. J'ai encore faim, ça creuse, toutes ces émotions. Nous n'avons pas tenu en place de toute la matinée. Mangeons un morceau plus consistant. Il faut bien se nourrir.

Après la collation, Delphine Végane partit s'isoler au salon.

Latombe préféra poursuivre sa perquisition du monastère.

Elle commença par les dépendances puis passa aux lieux de vie, sans oublier les combles. Étourdie par le vin du déjeuner, Amélie Latombe eut une hésitation dans les locaux techniques, où l'on entreposait les chaises pliantes destinées au public lors des spectacles de plein air.

Il restait assez de chaux dans une cuve pour... *oui, pour faire disparaître un cadavre,* se dit Latombe.

À l'origine, ces cuves servaient à la teinture, lui avait expliqué Francesco. Mais était-ce de la chaux vive, ou de la chaux éteinte ? Elle n'en savait rien.

Et puis elle commençait à s'en foutre, après tout. Les montées d'adrénaline lui suffisaient.

Elle se sentait stone, comme aurait dit Belvédère (où pouvait-il bien être, celui-là ?). Et ça lui plaisait.

Pour une fois, sa vie surpassait ses romans.

Ayant cherché, fouillé du rez-de-chaussée au plafond, elle finit par renoncer, et alla s'étendre sur son lit.

De son côté, pour retrouver son calme, Delphine avait entrepris de tricoter près de la cheminée condamnée, qui sentait si bon le feu de bois éteint.

Elle frissonnait sous son châle en cachemire.

Les hommes les avaient-ils fuies ? se demanda-t-elle tout à coup, le cœur battant. S'étaient-ils mis d'accord pour les laisser en plan ?

Plus elle prenait de l'âge et de l'expérience, plus elle trouvait la vie à deux difficile. Comme elle, la plupart de ses amies préféraient vivre seules, chacune chez soi, plutôt que mal accompagnées. Elles s'accouplaient pour faire des enfants puis elles quittaient le foyer, le nid.

Vivre avec une femme lui avait effleuré l'esprit. C'était même « marqué » dans son dernier livre, lui avait fait observer une lectrice un peu entreprenante lors d'une séance de dédicace.

Delphine Végane avait bien repéré le petit jeu de séduction de Christine Légo, mais ça ne l'intéressait pas.

De toute façon, elle n'avait aucune envie de se mettre en couple avec une femme. Elle aurait trop l'impression de vivre avec une partie d'elle-même. Le masculin l'intriguait encore. C'était une autre planète. Plus chaude. Plus enveloppante. Des bras rassurants, c'était quand même quelque chose. Bien mieux qu'un châle en cachemire.

La conscience apaisée, elle reprit son tricot.

Soudain, elle sentit une présence dans le salon, autour d'elle.

En esprit, l'image d'un moine franciscain, barbu et en chasuble, posant ses mains solides de travailleur sur sa tête s'imposa à elle. Il lui coupait les cheveux, lui pratiquait un massage de la nuque, avant de lui remettre la corde de chanvre, signe de pauvreté. Delphine le suivait, accompagnée d'autres pieuses demoiselles qui, par leur vertu, resplendissaient comme des étoiles. Un livre s'ouvrait devant elle : « *Tota pulchra es, et macula originalis non est in te.* » (« Tu es toute belle, et la souillure originelle n'est point en toi »).

— Merci Francesco, se surprit-elle à dire tout haut, puis elle se ressaisit : Mon Dieu ! Mais qu'est-ce qui m'arrive ?

Elle se demanda jusqu'à quel point elles étaient toutes timbrées.

La présence des hommes lui manquait. L'idée de passer une autre journée avec ses collègues écrivaines l'étourdit d'avance.

Elle devait trouver un moyen de filer à l'anglaise. Sans dire au revoir, comme au cours d'une soirée où c'était le meilleur moyen de se faire accrocher : « Vous partez déjà ? » Dans ces cas-là, elle avait envie de répondre : « Oui, j'en ai marre, la musique est à chier, votre conversation m'ennuie, j'ai envie d'être seule, chez moi, au calme. » De même qu'elle avait une sainte horreur de ces fins de salon littéraire, quand tout le monde se promettait de se revoir, comme à la fin d'une colo, alors qu'il n'y pas plus solitaire qu'un écrivain. À part les marathoniens des cocktails, comme David Mikonos, évidemment.

Après une heure passée à tricoter, Végane ouvrit la porte qui donnait sur la terrasse afin de contempler le ciel. Les nuages commençaient à noircir, le vent soufflait avec plus de force, annonciateur de pluie. Elle referma avec difficulté, tant les bourrasques cherchaient à s'engouffrer dans le monastère.

À moins que ce ne soit Francesco, pensa-t-elle furtivement.

Elle se recoiffa et prit sa décision.

Elle allait sortir d'ici comme elle était arrivée. Par la porte d'entrée. Il suffisait de l'enfoncer. Comme elles avaient enfoncé celle de Moisson.

Delphine Végane n'oubliait qu'une chose.

La porte d'entrée du monastère était bien plus épaisse que celles des cellules.

Mais elle savait où trouver ce qui ferait office de bélier. Ce ne serait pas très catholique, mais, comme disait Latombe, à la guerre comme au monastère.

27

Le début de la fin

Après leur sieste, Kathy et Tatiana se réveillèrent doucement puis descendirent dans le jardin. Malgré les rafales et la bruine, elles longèrent le potager, bras dessus, bras dessous, chaussures à la main, en se penchant de temps en temps pour cueillir qui une framboise, qui une fraise.

— Comme c'est bizarre, dit Podcol. On dirait qu'*il* sait.

— Mais de qui parles-tu ?

— Du monastère. Ou de son fantôme. Il sait.

— Et qu'est-ce qu'il sait ?

— Qu'aucune d'entre nous n'est assez digne pour rester dans ce lieu de quiétude. Je commence à comprendre. À part Delphine et Amélie, peut-être… Chacune des deux aurait sa place ici, je pense. Elles vont très bien avec le décor. La silencieuse Végane s'occuperait du jardin. Et Amélie serait la plus fantasque des animations. Alors que nous ne sommes que des pièces rapportées.

— Comme les hommes, qui ont disparu !

— Exactement. Le fantôme du monastère veut nous faire passer un message. Il nous dit que nous ne sommes que de passage ici.

— Mais... nous le savions déjà.

— Pas tout à fait, non. Admire ce potager, cette beauté, cette force, cette nature... C'est comme une évidence. Le monastère fait corps avec elle. Nous, écrivains parisiens, nous sommes tout le contraire : sophistiqués, bruyants, dans le paraître. Tu sais quoi ?

— Quoi ?

— Je pense que le milliardaire, cet Un Cognito, est le premier à avoir fait les frais de son arrogance. Disparu, lui aussi.

— Ou alors il n'existe pas, si je suis ton raisonnement. Tu crois qu'un fantôme peut écrire ?

— Si c'est le fantôme d'un écrivain, oui. Tu as entendu la médium, il s'agirait d'Oscar Wilde.

— Ou de son neveu. Mais pourquoi nous retiendrait-il, nous les femmes ?

— Parce qu'il est resté misogyne, bien entendu. Et que sa leçon n'est pas terminée. Ce monastère était un lieu exclusivement réservé aux hommes, ne l'oublie pas. Un couvent masculin où l'humilité était la règle première. Jean de Moisson a été puni par où il a péché. Il parlait trop, mangeait trop : le fantôme du monastère lui a étranglé le gosier. David Mikonos le courtisait pour en tirer des faveurs : il a été obligé de se transformer en secouriste, donc d'être altruiste.

— Et les autres ? Continue.

— Ils ont été expulsés, poussés dehors. Ils sont passés de l'autre côté du miroir aux alouettes. C'est une sorte de purgatoire à l'envers. Je suis certaine qu'ils vont réapparaître.

— Ouzbek, Belvédère et Moite ? Je te trouve bien optimiste.

— Ils ont été testés, je te dis. Bousculés, réveillés. Ils reviendront un peu arrangés.

— Grand bien leur fasse. Je ne suis pas rassurée pour autant. Que va-t-il nous arriver, à nous ?

— Donne-moi tes chaussures.

— Pardon ?

— Tu as bien entendu. J'ai mal aux pieds, donne-moi tes chaussures, s'il te plaît.

— Mais... ce sont des Louboutin en peau de serpent, et je chausse du 43 !

— Ne trouves-tu pas ridicule de marcher en talons aiguilles dans ce village médiéval et ce jardin féerique ? Dans ce pays de Cocagne ?

— Si, mais...

— Il n'y a pas de mais, confie-moi tes chaussures.

— Je t'en fais cadeau, dit Tatiana en lui tendant ses escarpins.

— Alors j'en fais ce que je veux.

Kathy Podcol prit la paire de Louboutin et les jeta par-dessus le mur du jardin.

— Mais tu es dingue ! Mille euros chacune ! Ne me dis pas que c'est Oscar Wilde, ou son foutu fantôme, qui t'a demandé de faire ça ?

De l'autre côté, on entendit un hennissement de cheval, des grognements de chiens, et une voix de crécelle hurler :

— Hé ! Ho ! derrière ! Ça ne va pas la tête ! Bande de dégueulasses !

— Violette ! C'est vous, Violette ? demanda vivement Tatiana.

— Oui, qui me parle ?

— Je suis écrivaine, je m'appelle Tatiana de Roseray et je voudrais sortir d'ici. Nous sommes retenues prisonnières ! Gardez les chaussures, je vous en fais cadeau.

— Elles sont à moi, tu viens de me les offrir, protesta Kathy.

— Et tu viens de les jeter !

— Justement, cria Violette. Mon jardin n'est pas une poubelle ! La nature n'est pas une poubelle ! Vous allez arrêter vos conneries, les Parisiens. J'en n'ai rien à caguer de vos pompes, et si vous voulez sortir d'ici, il faut demander à Francesco.

— Mais il est parti, geignit Tatiana.

— Eh bien, attendez-le. Il reviendra lundi. Ciao !

— Ne partez pas ! Violette ! Attendez ! supplia de Roseray.

— Quoi encore ?

— Relancez-moi mes souliers, s'il vous plaît, et appelez la police, des amis à nous ont disparu.

— J'ai pas le téléphone, et pour vos grolles c'est trop tard, mes chiens les ont déjà bouffées. Ils ont l'habitude de chasser les serpents par ici.

— Violette !

— Oublie-la, lui conseilla Kathy Podcol.

Puis, d'une voix toute rauque :

— Calme-toi. Déshabille-toi.

— Pardon ?

— Je vais te faire un massage. Après, nous ferons l'amour… Ici et maintenant.

— Ici et maintenant ? Tu as dit « Ici et maintenant » comme… comme… C'est vous, Arthur Cravan ?

— Couche-toi dans l'herbe, je te dis, confirma Arthur, qui avait déjà pris possession de Kathy. Ou je te couche de force d'un crochet du gauche bien senti. Faisons-le à l'air libre.

— Mais ça ne va pas ! On pourrait nous voir.

— Qui ça ? Les oiseaux et les fourmis ?

— Regardez les fenêtres du monastère. D'ici, on dirait de grands yeux qui nous observent.

La façade de la bâtisse faisait effectivement penser à un long visage rectangulaire, avec la bouche en forme de porte.

— C'est encore plus excitant, vous ne trouvez pas ?

Depuis l'autre bout du jardin, quelqu'un les regardait effectivement. C'était Amélie Latombe. Depuis sa cellule, elle n'en perdait pas une miette. Elle venait d'ouvrir ses volets et avait eu une révélation pendant la sieste.

Sa théorie tenait à un fil… Restait à la vérifier.

Si quelqu'un se cachait dans ce monastère, elle allait le débusquer en lui tendant un piège.

Un coup de tonnerre retentit au loin. L'orage approchait.

Le Géant endormi semblait remuer la tête.

28

Ghostbuster qui tonne

Aussi étrange que cela puisse paraître, Amélie Latombe trouva dans la bibliothèque une méthode pour capturer les fantômes.

Cette méthode se proclamait infaillible. Tout dépendait du type de fantôme qu'on espérait capturer.

Il y a des fantômes mélancoliques, qui errent tristement dans un lieu sans vraiment avoir conscience de la réalité qui les entoure. Ceux-là ne sont pas trop difficiles à capturer, disait le guide du parfait *ghostbuster*, parce qu'il suffit de trouver quel objet symbolise au mieux leur attachement à ce lieu. Quand on possède cet objet, on s'assure l'attachement du fantôme.

En ce qui concerne les fantômes qui errent dans l'unique but de faire du mal, la tâche est plus ardue, parce qu'ils sont agressifs. Après les avoir attirés, il faut les enfermer dans une bulle d'eau bénite. Il est facile de les attraper, parce que ces entités ne peuvent pas résister à l'innocence et à la pureté.

Mais comment trouver innocence et pureté parmi les dernières résidentes du monastère ? se demanda Amélie Latombe.

Le lieu propice pour capturer ce genre de fantôme était un château, une ancienne prison, un asile, un monastère. Les asiles d'aliénés étaient également parfaits, parce que ces innocents y avaient été maltraités, subissant des traitements inhumains, comme l'électro-choc et la lobotomie.

Le fantôme idéal d'Amélie Latombe devait être une malheureuse victime.

Oscar Wilde se trouvait donc tout désigné.

Le problème, c'est qu'il était manifestement récalcitrant, car en colère. Donc potentiellement violent. Il cherchait à punir ses bourreaux. Sa cible privilégiée étant naturellement les écrivains français qui, selon lui, l'avaient trop peu défendu de son vivant.

Selon les instructions données par la méthode, Amélie devait aussi se renseigner sur le « folklore local ». Là, tout dépendait de l'histoire de chaque lieu et des légendes colportées par les habitants du coin.

La plupart des anciennes prisons, et même des couvents, avaient été des lieux de solitude intense, de colère et de tristesse.

Il fallait écouter ce qui se disait d'un lieu réputé hanté. Beaucoup de villes avaient leur pont, leur route ou leur tunnel hanté.

À Saorge, il se disait que des moines franciscains avaient été enterrés dans le jardin. Or, selon les dires de Podcol et Roseray, il y avait bien un ossuaire par ici, mais dans la crypte de la chapelle, accessible par une trappe sous le lutrin.

Pour attirer le fantôme, elle devait trouver le bon appât. Elle hésitait encore sur ce point.

Elle avait décidé que le meilleur endroit pour capturer Oscar Wilde – ou son neveu Arthur Cravan – était la bibliothèque, évidemment. Ça tombait bien, elle y était déjà.

Et les ouvrages d'occultisme n'y manquaient pas.

Elle n'avait plus eu qu'à piocher dans un de ces vieux grimoires pour amateurs de fantômes.

Celui qu'elle avait fini par choisir disait qu'en cas d'échec elle risquait d'être hantée toute sa vie.

Elle était prête à prendre le risque. Il y avait pire que d'être hanté par Oscar Wilde.

C'était de cet Arthur Cravan qu'elle devait se méfier.

D'un jab, il pouvait la mettre K.-O. Un homme qui se proclamait le poète aux cheveux les plus courts du monde était capable de tout.

En cas de conflit avec lui, son nunchaku ne lui serait d'aucune utilité.

Elle invoquerait plutôt le grand Jack Johnson, le premier champion du monde catégorie poids lourd.

Ou Mohamed Ali, tiens. Le genre de gars à déclarer : « J'ai lutté avec un alligator, tabassé une baleine, mis des menottes à la foudre, foutu le tonnerre en prison ; juste la semaine dernière, j'ai tué un roc, blessé une pierre, et envoyé une brique à l'hosto. Je suis tellement méchant que j'ai rendu la médecine malade. » Si ça n'était pas des phrases de poète, ça ! Arthur Cravan pouvait aller se rhabiller.

Un coup de tonnerre fit trembler les murs.

Mon Dieu, ils lisent donc dans mes pensées, songea Amélie, qui mit bêtement la main devant sa bouche.

Latombe se sentit tout à coup épuisée.

Elle ne savait plus où elle en était. Ah ! oui, capturer le fantôme d'Oscar Wilde.

Ou, à défaut, du poète aux cheveux les plus courts du monde. Ne surtout pas l'oublier…

Comme elle manquait d'eau bénite, elle opta pour la méthode dite de « la boîte et de l'inhumation ». Pour cela, elle utilisa une espèce de minicantine en métal – elle la dénicha dans le local technique – on pouvait la verrouiller solidement à l'aide d'une petite tringle. Elle couvrit le fond de la boîte d'une couche de poussière – elle la récupéra dans la sacristie, puisqu'il n'y avait pas de cimetière.

L'idée que le fondement soit « béni » l'amusa. Elle demanda pardon au grand manitou et alla poser le conteneur dans la bibliothèque. Car, à l'évidence, tout tournait autour de la bibliothèque dans ce monastère.

Une fois Oscar Wilde détecté et ferré, elle devrait refermer le couvercle et saupoudrer la cantine d'une pincée de sel.

Par contre, plutôt que de l'enterrer, selon les consignes, dans un endroit sacré, comme la cavité sous le Christ gisant par exemple, elle pensait la conserver pour s'en faire une lampe d'Aladin. Après tout, Oscar Wilde n'était-il pas un génie ? Elle en ferait son bon-mauvais génie.

Il est recommandé de ne jamais être seul pour essayer de piéger un fantôme. Amélie Latombe se souvenait des explications de Patricia Barré. La médium disait que des voix lui avait dicté des messages en écriture automatique. Ça lui fit penser à la théorie de l'écriture spontanée, prônée par Jack Kerouac, et elle se demanda si son ami beatnik de *Sur la route* n'avait pas été envoûté.

Amélie se dit qu'elle allait solliciter Delphine Végane. Elle pourrait ainsi écrire sous la dictée de l'esprit.

Quoi d'autre ? Ah, oui, ne jamais insulter une âme errante. Sinon, l'esprit démoniaque pouvait vous briser les os.

Au moins vous provoquer des contusions.

Latombe repensa au bleu sur le front de Christine Légo et se demanda si Tatiana de Roseray était sous l'emprise d'un esprit maléfique quand elle l'avait frappée avec la poêle. D'après son souvenir, c'était plutôt le contraire.

En tout cas, l'alternative était claire : la fuite ou l'exorcisme.

29

Dernier round au monastère

— Que faites-vous avec ce banc ? demanda Amélie Latombe lorsqu'elle croisa Delphine Végane dans la galerie du cloître.

Dehors, il pleuvait à verse et le vent, qui mugissait, faisait trembler les fenêtres. Delphine Végane posa lourdement son fardeau arraché à la chapelle latérale Saint-Bernard et répondit :

— Je vais enfoncer cette damnée porte, venez m'aider.

— C'est que j'ai besoin de vous à la bibliothèque.

— Vous croyez vraiment que c'est le moment de lire ?

— Et d'écrire, oui. Il s'agit d'entrer en contact avec le fantôme d'Oscar Wilde, ou d'Arthur Cravan, je ne sais pas encore. Vous allez lire et écrire sous leur dictée et moi je vais les capturer.

— Voyez-vous ça ! Vous avez encore bu trop de champagne.

— Écoutez, faisons un marché : vous m'aidez à capturer le fantôme du monastère, et si ça ne marche pas, je descends vous aider à enfoncer la porte.

Delphine hésita un instant mais finit par dire, du bout des lèvres :

— D'accord... Même si tout ça me semble absolument incroyable.

Amélie fit la moue.

— Toute cette histoire est incroyable, grommela-t-elle. La vie est incroyable ! La mort est incroyable ! Mais nous aussi, nous sommes incroyables, nous écrivons !

Delphine frissonna.

— J'ai l'impression qu'on est dans un rêve. Je ne peux pas m'ôter de l'idée que ces choses-là n'arrivent pas réellement.

— Je vous comprends. Mais il faut se rendre à l'évidence, ces choses-là, comme vous dites, nous sommes en train de les vivre.

— Oui... si vous le dites. Je vous accompagne, mais c'est juste pour que vous m'aidiez ensuite à enfoncer la porte. Je n'adhère en rien à cette histoire saugrenue de capture de fantômes. D'ailleurs, l'aide de Kathy et Tatiana ne serait pas de trop. Savez-vous où elles se trouvent ?

— Elles ont bien mieux à faire pour l'instant, croyez-moi.

— Vous êtes bien mystérieuse...

— Elles s'adonnent. en ce moment même aux plaisirs saphiques, si vous voulez mon avis.

Delphine Végane haussa les épaules.

Une fois dans la bibliothèque, elle se tourna vers Latombe et lui dit :

— Votre idée n'est pas si bête que ça, après tout. Les bibliothèques m'apaisent, en général. Je sens de bonnes ondes, ici. Davantage que dans les autres pièces du monastère. Que c'est émouvant, ces centaines de livres. Ces centaines de jus de cerveau.

— C'est beau, oui. Et terrible à la fois. Tous ces auteurs disparus, certains oubliés à jamais, les uns à côté des autres, unis dans la même chimère.

— Pourquoi dites-vous ça ? Il y a des auteurs encore vivants, regardez : Salers, Nichon, Drouaud, Herniaux, Flaurens, Naejada, Carrieudescq, Pénard, Madiono, Le Glézeux, Quelfennec…

— Oui, je sais, mais quand je pense à tout ce temps passé à écrire ! Tout ça pour ça… Se retrouver dans une bibliothèque, collé contre les autres, quand ce n'est pas sur l'étal d'un bouquiniste. Ou pire, au pilon.

— Vous êtes morbide. Il faut dire qu'avec votre nom… Au contraire, certains auteurs disparus sont bien plus vivants que des déjà morts-vivants. Un bon écrivain, c'est celui dont on se souvient quand on a oublié tous les autres.

— Vous me rappelez une phrase de Joyce Carol Oates, dans un de ces derniers romans qu'elle produit aussi vite que vous, Amélie : « Impossible de ne pas imaginer que les morts nous observent. Notre amour pour eux, une fine gaze chatoyante ondulant derrière nous. »

Un nouveau coup de tonnerre vint ponctuer cette sortie.

Un livre chuta à terre.

Amélie Latombe le ramassa :

— Je crois qu'on veut nous dire quelque chose.

Il s'agissait d'un recueil de textes d'Arthur Cravan, publié en 1987 par Gérard Lebovici.

Amélie ouvrit le volume.

— « De son vrai nom Fabian Avenarius Lloyd, né le 22 mai 1887 à Lausanne (Suisse) et disparu dans le golfe de Tehuantepec en 1918, sans que son corps soit jamais retrouvé. La police mexicaine aurait fait état d'un corps d'homme abattu près de la frontière au bord du Rio Grande del Norte ; le signalement – blond cendré et très grand – pouvait correspondre à celui de Cravan. »

— On dit aussi qu'il aurait été poignardé. Ou qu'il se serait suicidé, ajouta Delphine.

— Vous le connaissez donc ?

— Un peu. Reprenez, ça m'intéresse diablement.

Elle avait dit ça avec une voix bizarre. Légèrement rauque.

— « Poète et boxeur britannique de langue française, fils d'Otho Holland Lloyd, il était effectivement le neveu d'Oscar Wilde, qui avait épousé Constance Mary Lloyd, sœur d'Otho, en 1884. Il choisit probablement le pseudonyme d'Arthur Cravan en référence au lieu de naissance de sa fiancée Renée Boucher : Cravans, en Charente-Maritime. Considéré, tant par les dadaïstes que par les surréalistes, comme un des précurseurs de leurs mouvements, Arthur Cravan souleva le scandale partout où il passa. Entre 1912 et 1915, à Paris, il est l'éditeur et le rédacteur unique de la revue *Maintenant*, dont il produit cinq numéros, mêlant critiques littéraires et artistiques aux excentricités et provocations de toutes sortes, préfigurant l'apparition imminente du mouvement Dada. »

— À dada sur mon bidet ! hoqueta Végane de sa drôle de voix. Savez-vous qu'il a connu Marcel Duchamp ?

— Duchamp, c'était les pissotières.

— Je vous pisse à la raie, Latombe.

— Mais que vous arrive-t-il ?

— Ma mère suce des bites en enfer !

— Delphine, reprenez-vous. On croirait le démon incarné.

— Allons, continuez votre lecture.

Quelque peu effrayée, Amélie Latombe ne se fit pas prier.

— « Dans un article publié dans le numéro 2 de *Maintenant*, daté de juillet 1913, Cravan fait une description hilarante et iconoclaste de sa visite chez André Gide, qu'il traite de "petite nature qui pèle aux mains blanches de fainéant". André Breton, qui accordait une grande importance historique à la revue *Maintenant* pour avoir été la première dans laquelle certaines préoccupations extra-littéraires et même anti-littéraires avaient pris le pas sur les autres, affirme dans son *Anthologie de l'humour noir* qu'il est impossible de ne pas découvrir en Cravan les signes annonciateurs de Dada. »

— Je ne faisais pas que cracher à la figure des références littéraires de mon époque.

— Que dites-vous, Delphine ?

— Poursuivez, vous dis-je ! Il est là…

Dehors, la tempête redoublait de violence. Le vent hurlait en cinglant la façade du monastère.

— « Il ne se contenta pas d'écrire. Pour lui, un poète doit vivre intensément. Lors de conférences, il tire à coups de pistolet avant de parler, annonce son faux suicide et surtout critique l'art de manière virulente. Cravan se présentait comme chevalier d'industrie, marin sur le Pacifique, muletier, cueilleur d'oranges en Californie, charmeur de serpents, rat d'hôtel, neveu d'Oscar Wilde, bûcheron dans les forêts géantes, ex-champion de France de boxe amateur, petit-fils du chancelier de la reine, chauffeur d'automobile à Berlin, cambrioleur… »

— Apollinaire m'a envoyé ses témoins.

— J'allais y venir. « Guillaume Apollinaire, qui s'était fait étriller par Arthur, dans un pamphlet, décide de le provoquer en duel. Cravan se fend d'une étrange lettre d'excuses, qui ressemble davantage à un foutage de gueule en bonne et due forme qu'à de sincères regrets. »

— Hé ! hé !

— « Peu importe, Apollinaire, qui tenait visiblement plus à sauver l'honneur qu'à faire couler le sang, accepte les excuses. Le duel est évité. »

— Ouf ! Je mesurais pourtant pas loin de deux mètres, comme l'autre géant-titan de la poésie, Maïakovski.

— Vous m'en direz tant, répondit Latombe, qui avait enfin compris. Nous vous écoutons, Arthur.

Dans la bouche de Delphine Végane, qui s'était redressée, la voix entendue dans la cuisine, la veille au soir, se mit à scander :

— La gloire est un scandale ! J'ai toujours considéré l'art comme un moyen et non comme un but. Il faut absolument vous fourrer dans la tête que l'art est aux bourgeois, et j'entends par bourgeois un monsieur sans imagination.

— Mais encore ?

— Si j'écris, c'est pour faire enrager mes confrères ; pour faire parler de moi et tenter de me faire un nom. Avec un nom, on réussit avec les femmes et dans les affaires. Je voudrais être à Vienne et à Calcutta, prendre tous les trains et tous les navires, forniquer toutes les femmes et bâfrer tous les plats, être mondain, chimiste, putain, ivrogne, musicien, ouvrier, peintre, acrobate, acteur... Je suis toutes les choses, tous les hommes et tous les animaux !

— Oui ! Oui ! continuez, s'enthousiasma Amélie, en battant des pieds sur le sol, vous tenez le hit !

— Moi à qui il suffit d'un air de violon pour me donner la rage de vivre, moi qui pourrais me tuer de plaisir, mourir d'amour pour toutes les femmes, qui pleure toutes les villes, je suis ici parce que la vie n'a pas de solution.

— Mais pourquoi vous en prendre à ce pauvre Gide ?

— Parce que mon oncle l'aimait.

— Mais que lui reprochiez-vous, plus précisément ?

Delphine-Cravan baissa d'un ton.

— Ce qui me frappa le plus, c'est qu'il ne m'offrit absolument rien, si ce n'est une chaise, alors que, sur les quatre heures de l'après-midi, une tasse de thé, si l'on prise l'économie, ou mieux encore quelque liqueur et le tabac d'Orient passent avec raison, dans la société européenne, pour donner cette disposition indispensable qui lui permet d'être parfois étourdissante.

— Vous vous exprimez bien, j'aime ça.

— Je continue, alors, si vous y consentez : « Monsieur Gide, commençai-je, je me suis permis de venir à vous, et cependant je crois devoir vous déclarer tout de go que je préfère de beaucoup, par exemple, la boxe à la littérature. » « La littérature est pourtant le seul point sur lequel nous puissions nous rencontrer », me répondit assez sèchement mon interlocuteur. Je pensais *ce grand vivant !* Nous parlâmes donc littérature, et comme il allait me poser cette question qui devait lui être particulièrement chère, « Qu'avez-vous lu de moi ? », j'articulai sans sourciller, en logeant le plus de fidélité possible dans mon regard : « J'ai peur de vous lire. »

— J'imagine que monsieur Gide dut singulièrement sourciller.

— J'en profitai pour dire du mal d'au moins deux cents auteurs vivants puis, sur le point de me retirer, d'un ton très fatigué et très vieux, je demandai : « Monsieur Gide, où en sommes-nous avec le temps ? »

— C'est vous qui avez dû lui faire peur.

— Il était six heures moins un quart, je me suis levé, j'ai serré sa petite main d'artiste et je suis parti. Rentré chez moi, j'ai écrit : « M. Gide n'a pas l'air d'un enfant d'amour, ni d'un éléphant, ni de plusieurs hommes, il a l'air d'un artiste ; son ossature n'a rien de remarquable ; ses mains sont celles d'un fainéant, très blanches, ma foi ! Dans l'ensemble, c'est une toute petite nature. M. Gide doit peser dans les 55 kilos et mesurer 1,65 mètre environ. Sa marche trahit un prosateur qui ne pourra jamais faire un vers. Avec ça, l'artiste montre un visage maladif, d'où se détachent, vers les tempes, de petites feuilles de peau plus grandes que des pellicules, inconvénient dont le peuple donne une explication, en disant vulgairement de quelqu'un "il pèle". »

— L'avez-vous revu ?

— Je ne vis monsieur Gide qu'une fois dans la rue. Il sortait de chez moi. Il n'avait que quelques pas à faire avant de tourner, de disparaître à mes yeux ; et je le vis s'arrêter devant un bouquiniste, entre un magasin d'instruments chirurgicaux et une confiserie. Puis monsieur Gide m'écrivit une fois, et je ne le revis jamais.

— Vous vous en êtes alors pris à votre oncle…

— Vous connaissez ce texte, « Oscar est vivant ! » ? J'y relate une visite nocturne à mon oncle, pourtant mort depuis treize ans, qui donna lieu à une beuverie dantesque.

— Et vous avez fini par le gratifier d'une série de noms d'oiseaux. « *Ta gueule, vieux saoulard ! [...] Vieille charogne ! [...] Hé, va donc ! Figure de coin de rue, propre à rien, face moche, raclure de pelle à crottin, cresson de pissotière, feignasse, vieille tante, immense vache !* »

— Avant de changer subitement d'état d'esprit, après l'avoir raccompagné à la porte, précisa Cravan. Il ne pleuvait plus, mais l'air était froid. Je me souviens que Wilde n'avait pas de pardessus, et je me disais qu'il devait être pauvre. Un flot de sentimentalité inonda mon cœur ; j'étais triste et plein d'amour. Cherchant une consolation, je levai les yeux. La lune était trop belle et gonflait ma douleur. Je pensais maintenant que Wilde avait peut-être mal interprété mes paroles, qu'il n'avait pas compris que je ne pouvais pas être sérieux, que je lui avais fait de la peine. Et, comme un fou, je me mis à courir après lui. À chaque carrefour, je le cherchai de toute la force de mes yeux et je l'appelai en criant. De toutes mes jambes, je dévalai les boulevards jusqu'à ce que j'eusse compris que je l'avais perdu. Errant dans les rues, je rentrai lentement, et je ne quittai point des yeux la lune secourable comme un con.

— Allez-vous nous laisser partir maintenant ?

— Pardon ? C'est à moi que vous parlez ? demanda Delphine Végane en s'éclaircissant la gorge.

Elle donnait l'impression de sortir d'un mauvais rêve. D'une voix tenue et pleine d'autorité, elle déclara :

— Ce n'est pas lui le vrai coupable. L'un de nous... L'un de nous... Qui ne l'est pas vraiment... Sortons ! Je vous expliquerai plus tard, loin d'ici.

— Mais comment sortir ?

— En enfonçant la porte, je vous l'ai dit. Mais avant, remettez à sa place le livre que vous tenez.

Amélie Latombe s'exécuta.

Elle glissa Cravan après Cendrars et Céline.

Un léger bruit de rouage se fit alors entendre derrière les volumes.

En replaçant le livre, elle venait de déclencher un subtil mécanisme. La bibliothèque commença à tournoyer sur elle-même, découvrant un escalier en colimaçon qui descendait jusqu'à une porte dérobée.

— À vous l'honneur, déclara Latombe, en faisant signe à Végane de passer devant.

Delphine avança avec une pointe d'appréhension. Elle mit délicatement la main sur la poignée de porte. Qui résistait. Végane appuya alors de toutes ses forces : le battant s'ouvrit d'un coup, si bien que la jeune femme bascula en avant.

Et tomba dans les oubliettes, entraînant avec elle Latombe jusqu'au caveau du monastère.

30

Un bon écrivain...

Le lundi matin, aucun des écrivains ne reparut, et nul ne reçut le moindre signe de vie de leur part, ni leurs proches ni leurs éditeurs.

Francesco, incrédule et dépassé par les événements, reprit son service, comme si de rien n'était... Pour la gendarmerie locale, il était pourtant le principal suspect, avec la cuisinière-médium, aux abonnées absentes.

Une enquête fut ouverte mais s'enlisa au bout de quelques jours. Ce fut la période nécessaire au monastère pour reprendre une activité normale. Il se nimba alors d'un épais mystère qui attirait les artistes en nombre toujours croissant et qui n'était pas mauvais pour les affaires.

S'inspirant de l'histoire, Éric-Emmanuel Pschitt, décidément plus rapide que son ombre, avait déjà démoulé sa toute nouvelle pièce, *Les Disparus du monastère*, et était en cours de recrutement des comédiens. Il avait bloqué les dates des premières représentations au théâtre Quai gauche, qu'il co-dirigeait avec Philippe Latesse et Jean-Pierre Lacure.

La vie continuait, en somme.

Et vint l'heure du premier grand rendez-vous de la sacro-sainte rentrée littéraire, la vingt et unième édition du festival La Clairière des bouquins, à Chanceux-près-des-Loches, événement incontournable organisé par Gonzigue Saint-Bras, auquel devaient participer les dix grands écrivains.

Leurs éditeurs, dans une probable tentative de conjurer le sort, et bien que n'ayant toujours pas de nouvelles d'eux, avaient tout préparé comme si leurs poulains allaient miraculeusement refaire surface en temps utile.

Si bien que le jour dit, selon l'usage, des tables réservées aux dédicaces portaient les noms des auteurs absents.

Et sur ces tables trônaient des piles de livres aux bandeaux criards.

Les attachées de presse, sur les dents, improvisaient mille excuses.

Mais le vide laissé par ces dix grands écrivains ne se fit pas ressentir cruellement bien longtemps.

En vérité, il se combla aussitôt.

En effet, une foule exaltée et trépignante formait une file d'attente longue de quatre cents mètres devant le stand de la toute nouvelle coqueluche du monde littéraire français.

Il s'agissait d'une jeune blogueuse-booktubeuse-twitteuse-instagrameuse de seize ans à peine – elle n'aurait sans doute pas déplu à Belvédère – qui tenait un blog, « Les Lectures de Choupette ». Elle y présentait, comme sur sa chaîne Youtube – « La Chaîne des lectures de Choupette » –, ses coups de cœur livresques.

Ses différents réseaux sociaux réunissaient plusieurs dizaines de milliers d'abonnés et de *followers*. Une bonne critique de roman sur « Les lectures de Choupette » générait des ventes plus que significatives dès le lendemain.

La jeune Choupette était sollicitée par les plus grandes maisons d'édition, qui lui offraient un pont d'or. Sa mission, au sein de ces nobles et prestigieuses institutions, était de sélectionner les manuscrits et de définir les tendances ainsi que les best-sellers de demain.

L'un de ces illustres éditeurs, plus malin que les autres, ou plus riche, ou plus rapide, avait convaincu la jeune fille d'écrire un livre – comprenez d'accepter d'apposer son nom sur la couverture – racontant sa *success story*. Le lancement de ce livre s'opérait en ce jour d'ouverture de la Clairière des bouquins.

Augustin Traquenard n'étant pas reparu non plus depuis ce funeste week-end à Saorge, c'était Cyril Nanana qui couvrait l'actu et interviewait présentement Choupette pour Dédé 8, la chaîne de télé sur laquelle il était l'animateur vedette.

— Alors, ma p'tite beauté, dis-nous ce qui t'a donné l'amour de la lecture et ce qui t'a poussée à écrire ce chef-d'œuvre intemporel intitulé, euh... (il s'empara d'un exemplaire posé la table et en lut le titre) *Le Livre des lectures de Choupette, une success story*.

— Eh bien, depuis que je suis toute petite, j'adore lire, des auteurs classiques, surtout...

— OK, ma p'tite beauté, je vois : Balzac, Flaubert, Hugo, hein ?

— Euh, non, non, pas les auteurs antiques, les auteurs classiques : David Mikonos, Amélie Latombe, Kathy Podcol, tout ça, quoi. D'ailleurs, ils devraient être là, je crois, non ?

Cyril Nanana se tourna vers la table réservée à Mikonos, mais celui-ci n'y était pas. Il regarda ensuite la table réservée à Kathy Podcol. Elle manquait également au rendez-vous. Et tous – Cyril Nanana, Choupette et le public – constatèrent que manquaient aussi Jean de Moisson, Tatiana de Roseray, Yann Moite, Amélie Latombe, Frédéric Belvédère, Delphine Végane, Michel Ouzbek et Christine Légo.

— Viens, ma p'tite beauté, viens, dit Cyril Nanana à Choupette, on va te filmer devant les bouquins de tes maîtres disparus, c'est bon pour le buzz, euh... pour la littérature, je veux dire. C'est bon pour la postérité, tu vois ?

— Trop cool, j'arrive.

La foule s'écarta pour laisser passer la jeune fille.

La ministre de la Culture, Fleur Pétrin, sortit des rangs – elle y attendait elle-même son tour pour obtenir son livre dédicacé de Choupette. Elle se faufila aussitôt en tête du peloton.

Elle avait à cœur de se rattraper depuis sa bourde concernant le dernier prix Joncour de littérature, qu'elle avait avoué n'avoir jamais lu. De plus elle avait trouvé malin de révéler que son rêve ultime était de tourner dans un des films de la série *SSS 118*, car elle craquait littéralement pour l'acteur principal, Jean Dugradin. Ces propos l'avaient définitivement enfoncée, et depuis elle était la risée de tous.

Galvanisée par ce qu'elle pressentait être son instant de gloire, Fleur Pétrin s'installa devant la table désertée de Jean de Moisson et se lança dans un discours improvisé à la mémoire des disparus, en concluant qu'ils entraient, à partir d'aujourd'hui, au Panthéon de la littérature, avec leur cortège d'ombres.

Elle avait déjà entendu cette formule quelque part, mais ne savait plus où.

Lorsqu'elle eut fini, sous les yeux embués de larmes des badauds, elle livra un scoop au micro de Cyril Nanana, face caméra :

— Monsieur Nanana, chers lecteurs, chers Français, chers compatriotes, je vous jure que, moi Présidente, euh… moi ministre de la… (« Culture », lui souffla son secrétaire d'État)… ah oui, Culture, merci. Donc, je vous jure que, moi, ministre de la Culture, je ferai tout ce qui est en mon pouvoir pour que, dès l'année prochaine, David Mikonos et Kathy Podcol figurent au programme du bac de français.

Les clameurs et les hourras s'élevèrent dans le ciel lochois.

De son côté, Cyril Nanana parvint à peine à couvrir le tumulte lorsque, fixant l'objectif droit dans les yeux, il s'adressa aux téléspectateurs :

— OK, mes p'tites beautés, la conclusion de tout ça, c'est quoi ? Hein, c'est quoi ? Eh ben, je vais vous le dire : un bon écrivain est un écrivain mort.

Documentation et « inspirations »

« L'inspiration » – dont on nous rebat sans cesse les oreilles –, ça n'existe pas. Il s'agit d'aller chercher les idées, et les personnages où ils sont, avec une matraque, s'il le faut, comme disait Jack London.

Parfois, ces derniers (les personnages) s'imposent à vous.

J'ai eu l'idée de ce livre à l'été 2015, en plaisantant avec le vrai Francesco – le vrai guide – dans la cuisine du monastère de Saorge, où je séjournais pour trois mois en résidence d'écrivains.

J'étais en train de terminer un roman noir qui se passe en Mongolie. Et je me suis dit qu'un décor pareil, le couvent, serait parfait pour un polar… d'un drôle de genre.

Toute ressemblance avec des « zécrivains » connus, bien d'chez nous, n'est surtout pas une coïncidence. Qui aime bien charrie bien… J'en ai côtoyé certains de près et qu'ils soient assurés – si d'aucun(e) en prenait ombrage – que c'est bien une sorte d'hommage que je leur rends ici.

J'ai commencé à écrire ce livre après avoir trouvé le titre, comme je le fais toujours (méthode Blaise Cendrars), lorsque j'ai réalisé qu'il avait déjà été utilisé (par feu Jean-Pierre Enard, il y a longtemps déjà, et brillamment). J'ai bien pensé ajouter « ivre » mort dans celui-ci mais ça faisait trop long et mon éditeur ne voulait pas...

Quant à Agatha Christie, et ses *Dix Petits Nègres*, elle fait dorénavant partie de notre patrimoine culturel, conscient et inconscient.

Je me suis librement inspiré d'un article paru dans *Mediapart* sur Amy Grace Loyd et son roman *Le Bruit des autres* publié aux éditions Stock en 2014.

Les dires de la cuisinière médium sont des citations piochées dans *Un souffle vers l'éternité*, de Patricia Darré (J'ai lu, 2012). D'autres propos mis dans la bouche de certains personnages ont été pêchés ici ou là dans la presse, par exemple.

Les autres ont été inventés ou piochés avec l'autorisation d'Oscar et de son neveu Arthur... le poète aux cheveux les plus courts du monde !

Il en va de même avec la population de Saorge, l'un des plus beaux villages de France (Stéphane Bern, qu'est-ce que tu fous ?), où je me suis fait des amis pour la vie. J'ai gardé certains prénoms pour leur faire plaisir... Si ce n'est pas le cas, toutes mes excuses.

Vous pourrez me jeter la première pierre lors de ma prochaine visite.

Remerciements

À Sophie de Lamarlière, la super « mama » des éditions bordelaises Mirobole, qui a eu l'audace de me faire confiance pour ce projet a priori farfelu.

À Laurent Bettoni pour sa « relaicturre » et ses suggestions avisées (entre collègues on se comprend...), tout comme à la correctrice Gwenaëlle, à la stagiaire Lucile, à Carla et au senor Lopez : olé !

À l'équipe du monastère de Saorge : Estelle, Audrey, Francesco (le vrai !), Isabelle, Stéphanie, Étienne. Ainsi que Séphora, Lucie et Yves, les jardiniers du potager, sans oublier Gilou, leur Géant Vert...

Table

11966

Composition
PCA

Achevé d'imprimer en Slovaquie
par NOVOPRINT SLK
le 7 février 2018

Dépôt légal mars 2018
EAN 9782290154526
L21EPNN000426N001

ÉDITIONS J'AI LU
87, quai Panhard-et-Levassor, 75013 Paris

Diffusion France et étranger : Flammarion